Translated Language Learning

Les Aventures d'Alice au Pays des Merveilles

Alices Eventyr i Eventyrland

Lewis Carroll

Français / Dansk

Dans le Terrier du Lapin
Ned i Kaninhullet

Alice commençait à être très fatiguée

Alice var begyndt at blive meget træt

Elle était assise à côté de sa sœur sur le talus d'herbe

Hun sad ved siden af sin søster på græsbanken

Mais elle n'avait rien à faire

men hun havde ikke noget at gøre

Sa sœur lisait un livre

hendes søster læste en bog

une ou deux fois, Alice jeta un coup d'œil dans le livre

en eller to gange kiggede Alice ind i bogen

Mais le livre ne contenait ni images ni conversations

men bogen indeholdt ingen billeder eller samtaler

« À quoi sert un livre sans images ? » pensa Alice

"Hvad nytter en bog uden billeder?", tænkte Alice

« Pourquoi un livre n'aurait-il pas de conversations ? »

"Hvorfor skulle en bog ikke have nogen samtaler?"

Mais elle avait d'autres choses à considérer

men hun havde andre ting at overveje

« Faire une chaîne de marguerites serait un plaisir »
"Det ville være en fornøjelse at lave en kæde af tusindfryd"
« Mais cela vaut-il la peine de se lever et de cueillir les marguerites ?? »
"Men er det umagen værd at stå op og samle tusindfryd??"
Ce n'était pas si facile d'y penser
Det var ikke så let at tænke på
parce que la journée la rendait somnolente et stupide
fordi dagen fik hende til at føle sig søvnig og dum
Mais soudain, ses pensées s'interrompirent
men pludselig blev hendes tanker afbrudt
un lapin blanc aux yeux roses courait près d'elle
en hvid kanin med lyserøde øjne løb tæt forbi hende

Il n'y avait rien de trop remarquable chez le lapin
Der var ikke noget alt for bemærkelsesværdigt ved kaninen
et Alice ne trouvait pas non plus le lapin remarquable
og Alice syntes heller ikke, at kaninen var bemærkelsesværdig
elle ne s'étonna pas non plus quand le Lapin parla
det overraskede hende heller ikke, da kaninen talte
« Oh mon Dieu ! Je serai trop tard ! se dit-il
"Åh kære! Jeg kommer for sent!" sagde han til sig selv

mais alors le Lapin a fait quelque chose que les lapins n'ont pas fait
men så gjorde kaninen noget, som kaniner ikke gjorde
le Lapin tira une montre de la poche de son gilet
kaninen tog et ur op af vestelommen
Il regarda l'heure puis se hâta
Han kiggede på klokken og skyndte sig så videre
Alice se leva, stupéfaite
Alice rejste sig forbløffet
Elle n'avait jamais vu un lapin avec un gilet auparavant !
Hun havde aldrig set en kanin med vest før!
elle n'avait jamais vu non plus de lapin avec une montre !
hun havde heller aldrig set en kanin med ur!
Alice brûlait d'une nouvelle curiosité
Alice brændte af en ny nysgerrighed
et elle courut à travers le champ après le Lapin
og hun løb over marken efter kaninen
Elle était juste à temps pour voir le lapin disparaître
Hun nåede lige at se kaninen forsvinde
Le lapin sauta dans un grand terrier de lapin
Kaninen hoppede ned i et stort kaninhul
Un instant plus tard, Alice s'est mise à courir après le lapin !
I et andet øjeblik gik Alice ned efter kaninen!
Le terrier du lapin continuait tout droit comme un tunnel
Kaninhullet gik lige ud som en tunnel
Et le tunnel a continué à avancer sur une certaine distance
og tunnelen fortsatte et stykke
Et puis le chemin s'est soudainement incliné
og så dykkede stien pludselig ned
Alice n'eut pas un instant pour songer à s'arrêter
Alice havde ikke et øjeblik til at tænke på at stoppe sig selv
Elle s'est retrouvée à tomber et à tomber
Hun fandt sig selv falde ned og ned og ned
Il semblait qu'elle était tombée dans un puits très profond
det virkede, som om hun var faldet ned i en meget dyb brønd
Ou le puits était très profond, ou bien elle tombait très lentement

Enten var brønden meget dyb, eller også faldt den meget langsomt

parce qu'elle avait tout le temps de tomber
fordi hun havde masser af tid til at falde
alors qu'elle tombait, elle pouvait regarder tout autour d'elle
Da hun faldt, kunne hun se sig omkring
D'abord, elle a essayé de comprendre où elle allait
Først forsøgte hun at finde ud af, hvor hun skulle hen
mais le puits était trop sombre pour voir quoi que ce soit
men brønden var for mørk til at se noget
Puis elle regarda les côtés du puits
Så kiggede hun på brøndens sider
Et elle remarqua qu'il y avait des placards tout autour d'elle
og hun bemærkede, at der var skabe rundt om hende
et tout autour du puits il y avait des étagères de livres
og rundt om brønden var der bogreoler
Çà et là, elle voyait des cartes et des tableaux accrochés à des piquets
Her og der så hun kort og billeder hængt på pinde
En passant, elle prit un bocal sur l'une des étagères
Hun tog en krukke ned fra en af hylderne, da hun gik forbi
Le pot a été étiqueté pour son contenu
Krukken var mærket for sit indhold
« MARMELADE D'ORANGES »
"MARMELADE LAVET AF APPELSINER"
Mais, à sa grande déception, le pot de marmelade était vide
men til hendes store skuffelse var marmeladekrukken tom
Elle ne voulait pas laisser tomber le pot de marmelade vide
Hun ville ikke tabe den tomme marmeladekrukke
et sa chute fut très lente
og hendes fald var meget langsomt
Elle a donc réussi à mettre le pot de marmelade dans l'un des placards
Så det lykkedes hende at sætte marmeladekrukken ind i et af skabene
Tombée, descendue, tombée !
Ned, ned, ned falder hun!

La chute prendrait-elle fin ?
Ville faldet nogensinde få en ende?
Il n'y avait rien d'autre à faire
Der var ikke andet at gøre
alors Alice commença bientôt à se parler à elle-même
så Alice begyndte snart at tale med sig selv
« Je vais beaucoup manquer à Dinah ce soir, je pense ! »
"Dinah vil savne mig meget i aften, skulle jeg tro!"
Dinah était le chat d'Alice
Dinah var Alices kat
« J'espère qu'ils se souviendront de sa soucoupe de lait à l'heure du thé »
"Jeg håber, de vil huske hendes underkop med mælk ved tetid."
« Dinah, ma chère, je voudrais que tu sois ici avec moi ! »
"Dinah, min kære, jeg ville ønske, at du var hernede med mig!"
Alice sentit qu'elle s'assoupissait
Alice følte, at hun var ved at døse hen
Et puis soudain, bruit sourd ! bourrade!
Og så pludselig dunk! Dunk!
Elle tomba sur un tas de bâtons
Ned faldt hun på en bunke pinde
et elle atterrit sur un tas de feuilles sèches
og hun landede på en bunke tørre blade
et enfin la longue chute dans le trou était terminée
og endelig var det lange fald ned i hullet forbi
Alice n'était pas du tout blessée
Alice var ikke det mindste såret
Et elle se leva d'un bond au bout d'un instant
og hun sprang op i løbet af et øjeblik
Elle leva les yeux, mais il faisait noir au-dessus de sa tête
Hun kiggede op, men det var helt mørkt over hovedet
Devant elle se trouvait un autre long couloir
Foran hende var endnu en lang korridor
et le Lapin Blanc était toujours en vue
og den hvide kanin var stadig i syne
Il se hâtait dans le couloir

Han skyndte sig ned ad gangen
Il n'y avait pas un instant à perdre
Der var ikke et øjeblik at spilde
Alice s'enfuit comme le vent
af løb Alice som vinden
Au coin de la rue, le lapin s'est retourné
Rundt om hjørnet vendte kaninen
Elle était juste à temps pour entendre le lapin
Hun nåede lige at høre kaninen
« "Oh, mes oreilles et mes moustaches »
""Åh, mine ører og knurhår"
« Comme il est tard ! »
"Hvor det bliver sent!"
Elle était tout près derrière le lapin
Hun var tæt bag kaninen
Elle tourna au détour d'un autre coin
Hun drejede rundt om et andet hjørne
mais le Lapin n'était plus visible
men kaninen var ikke længere at se
Elle se retrouva dans une longue salle basse
Hun befandt sig i en lang, lav sal
La salle était éclairée par une rangée de plafonniers
Salen blev oplyst af en række loftslamper
Il y avait des portes tout autour de la salle
Der var døre rundt om gangen
mais toutes les portes étaient fermées à clé
men alle døre var låst
Elle marcha tout le long d'un côté de la salle
Hun gik hele vejen ned ad den ene side af gangen
et elle avait fait tout le chemin de l'autre côté de la salle
og hun var gået hele vejen op på den anden side af gangen
Elle avait essayé toutes les portes
hun havde prøvet alle døre
et elle marchait tristement au milieu de la salle
og hun gik bedrøvet ned midt i gangen
« Comment vais-je jamais en sortir ? »
"hvordan skal jeg nogensinde komme ud igen?"

Tout à coup, elle tomba sur une petite table

Pludselig kom hun til et lille bord

La table était entièrement en verre massif

Bordet var lavet udelukkende af massivt glas

Il n'y avait rien sur la table à part une petite clé dorée

Der var intet på bordet andet end en lille gylden nøgle

La clé pourrait appartenir à l'une des portes !

nøglen kan tilhøre en af dørene!

Mais, hélas ! Certaines serrures étaient trop grandes pour les clés

men ak! Nogle af låsene var for store til nøglerne

et pour les autres serrures, la clé était trop petite

og til de andre låse var nøglen for lille

mais, en tout cas, la clef n'ouvrit aucune des portes

men i hvert fald åbnede nøglen ingen af dørene

Mais que devait-elle faire ?

men hvad skulle hun gøre?

Elle traversa de nouveau le couloir

Hun gik gennem gangen igen

et cette fois, elle remarqua un rideau bas

og denne gang bemærkede hun et lavt forhæng
Derrière le rideau se trouvait une petite porte
Bag gardinet var der en lille dør
La porte avait une quinzaine de pouces de haut
døren var omkring femten tommer høj
Elle essaya la petite clé dorée dans la serrure
Hun prøvede den lille gyldne nøgle i låsen
Et à sa grande joie, la clé s'est glissée dans la serrure !
og til hendes store glæde passede nøglen i låsen!
Alice ouvrit la porte
Alice åbnede døren
et elle trouva la porte qui donnait sur un petit couloir
og hun fandt døren ført ind til en lille korridor
Le couloir n'était pas beaucoup plus grand qu'un trou à rats
Korridoren var ikke meget større end et rottehul
Elle s'agenouilla et regarda le long du couloir
Hun knælede ned og kiggede ud over korridoren
et elle a vu le plus beau jardin que vous ayez jamais vu
og hun så den dejligste have, du nogensinde har set
comme elle avait envie de sortir de cette salle sombre
hvor hun længtes efter at komme ud af den mørke sal
comme elle voulait se promener parmi ces fleurs lumineuses
hvor hun ønskede at vandre blandt de lyse blomster
Comme ces fontaines avaient l'air cool et rafraîchissantes
hvor cool forfriskende disse springvand så ud
Mais elle ne pouvait même pas passer la tête par la porte
men hun kunne ikke engang få hovedet gennem døråbningen
— Oh ! dit Alice d'un ton lugubre
"Åh," sagde Alice sørgmodigt
comme je voudrais pouvoir me plier comme un télescope !
"Hvor ville jeg ønske, at jeg kunne folde mig sammen som et teleskop!"
« Je pense que je pourrais me plier comme un télescope »
"Jeg tror, jeg kunne folde mig sammen som et teleskop"
« Si seulement je savais par où commencer »
"hvis jeg bare vidste, hvordan jeg skulle begynde"
Alice retourna à la table

Alice gik tilbage til bordet
Il y avait la chance de trouver une autre clé
der var mulighed for at finde en anden nøgle
Ou il pourrait y avoir un livre de règles
eller der kan være en bog med regler
Le livre pourrait lui apprendre à se plier comme un télescope
bogen kunne fortælle hende, hvordan hun skulle folde sig
sammen som et teleskop
Cette fois, elle trouva une petite bouteille
Denne gang fandt hun en lille flaske
**« cette bouteille n'était certainement pas là auparavant, » dit
Alice**
"Denne flaske var her bestemt ikke før," sagde Alice
**et autour du goulot de la bouteille était attachée une
étiquette en papier**
og bundet om flaskehalsen var en papiretiket
**L'étiquette était magnifiquement imprimée en grandes
lettres**
Etiketten var smukt trykt med store bogstaver
« BOIS-MOI »
"DRIK MIG"
« Non, je vais regarder d'abord », a-t-elle dit
"Nej, jeg vil se først," sagde hun
**« Je vais voir si la bouteille est marquée comme toxique ou
non, »**
"Jeg vil se, om flasken er mærket som giftig eller ej,"
Parce qu'elle n'a jamais oublié la leçon sur le poison
fordi hun aldrig glemte lektien om gift
**« Si une bouteille est étiquetée comme toxique, elle est
forcément en désaccord avec vous »**
"Hvis en flaske er mærket giftig, er den nødt til at være uenig
med dig"
**Cependant, cette bouteille n'a pas été marquée comme
toxique**
Denne flaske var dog ikke markeret som giftig
alors Alice se hasarda à goûter le contenu de la bouteille
så Alice vovede at smage på flaskens indhold

Elle trouva le liquide tout à fait à son goût
Hun fandt væsken helt efter hendes smag
La boisson avait une sorte de saveur mélangée
Drikken havde en slags blandet smag
tarte aux cerises, crème pâtissière et ananas
kirsebærtærte, vaniljesaus og ananas
Rôtir la dinde, le caramel et le pain grillé au beurre chaud
stegt kalkun, karamel og toast med varmt smør
et elle finit bientôt la bouteille
og hun blev snart færdig med flasken
« Quelle curieuse sensation ! » dit Alice
"Sikke en mærkelig følelse!" sagde Alice
« Je me plie comme un télescope ! »
"Jeg folder mig sammen som et teleskop!"
Et elle se repliait comme un télescope !
Og hun foldede sig sammen som et teleskop!
Elle n'avait plus que dix pouces de haut
Hun var nu kun ti centimeter høj
et son visage s'éclaira à ses pensées
og hendes ansigt lyste op ved hendes tanker
Maintenant, elle était de la bonne taille pour la petite porte
nu havde hun den rigtige størrelse til den lille dør
Maintenant, elle pouvait aller dans ce joli jardin
nu kunne hun gå ind i den dejlige have
Bientôt, elle a cessé de devenir plus petite
Snart holdt hun op med at blive mindre
Elle décida d'aller tout de suite dans le jardin
Hun besluttede sig for at gå ud i haven med det samme
mais, hélas pour la pauvre Alice !
men ak, for stakkels Alice!
Elle arriva à la porte
Hun kom til døren
Mais elle avait oublié la petite clé d'or
men hun havde glemt den lille guldnøgle
Elle retourna à la table pour prendre la clé
Hun gik tilbage til bordet for at hente nøglen
Mais elle s'aperçut qu'elle ne pouvait pas atteindre assez

haut
men hun fandt ud af, at hun ikke kunne nå højt nok
Elle pouvait voir la clé très distinctement à travers la vitre
hun kunne se nøglen ganske tydeligt gennem glasset
Elle essaya de grimper sur les pieds de la table
Hun forsøgte at kravle op ad bordbenene
Mais le verre était beaucoup trop glissant
men glasset var alt for glat
Finalement, elle s'est fatiguée à essayer
Til sidst trættede hun sig selv med at prøve
et la pauvre petite fille s'assit et pleura
og den stakkels lille pige satte sig ned og græd
Alice se parlait à elle-même assez vivement
Alice talte temmelig skarpt til sig selv
« Allons, ça ne sert à rien de pleurer comme ça ! »
"Kom, det nytter ikke noget at græde sådan!"
« Je vous conseille d'arrêter tout de suite ! »
"Jeg råder dig til at stoppe lige nu!"
Elle se donnait généralement de très bons conseils
Hun gav generelt sig selv meget gode råd
bien qu'elle suivît très rarement ses propres conseils
selvom hun meget sjældent fulgte sit eget råd
Et elle était parfois trop dure envers elle-même
og hun var nogle gange for hård ved sig selv
et ses paroles lui firent monter les larmes aux yeux
og hendes ord bragte tårer i hendes øjne
Bientôt, son regard tomba sur une petite boîte en verre
Snart faldt hendes blik på en lille glaskasse
La petite boîte de verre était posée sous la table
Den lille glaskasse lå under bordet
Dans la boîte en verre se trouvait un tout petit gâteau
I glaskassen lå en meget lille kage
Sur le gâteau, quelques mots étaient magnifiquement écrits
På kagen var der skrevet nogle smukke ord
les mots avaient été marqués dans des groseilles
Ordene var markeret med ribs
« MANGE-MOI »

"SPIS MIG"
« Eh bien, je vais manger le gâteau », dit Alice
"Nå, jeg spiser kagen," sagde Alice
« et si le gâteau me fait grossir, je peux atteindre la clé »
"og hvis kagen får mig til at vokse mig større, kan jeg nå
nøglen"
**« et si le gâteau me fait rapetisser, je peux me glisser sous la
porte »**
"og hvis kagen får mig til at blive mindre, kan jeg krybe ind
under døren"
« Donc, de toute façon, j'irai dans le jardin »
"så uanset hvad, kommer jeg ud i haven"
« Et peu m'importe lequel des deux arrive ! »
"og jeg er ligeglad med, hvilken af de to der sker!"
Elle a mangé un peu du gâteau
Hun spiste en lille smule af kagen
et elle se parla anxieusement à elle-même :
og hun talte ængsteligt til sig selv:
« Dans quel sens ? Dans quel sens ?
"Hvilken vej? Hvilken vej?"
et elle posa la main sur sa tête
og hun holdt sin hånd på sit hoved
Elle voulait sentir de quelle façon elle grandissait
hun ønskede at føle, hvilken vej hun voksede
Elle fut très surprise de découvrir ce qui s'était passé
Hun var ret overrasket over at finde ud af, hvad der var sket
Elle était restée de la même taille !
hun var forblevet den samme størrelse!
Cette fois, elle redoubla donc d'efforts
Så denne gang fordoblede hun sin indsats
Et bientôt, elle termina tout le gâteau
og snart blev hun færdig med hele kagen

La mare de larmes

Tårernes pøl

« Cela devient de plus en plus intéressant ! » s'écria Alice

"Det her bliver mere og mere interessant!" råbte Alice

Vous pouvez voir qu'elle était très surprise

Du kan se, at hun var meget overrasket

« Je m'ouvre comme le plus grand télescope qui ait jamais existé ! »

"Jeg åbner som det største teleskop, der nogensinde har været!"

« Au revoir, les pieds ! Oh, mes pauvres petits pieds"

"Farvel, fødder! Åh, mine stakkels små fødder"

« Je me demande qui va vous mettre vos chaussures maintenant, mes chères ? »

"Gad vide, hvem der vil tage dine sko på for dig nu, kære?"

et je me demande qui mettra vos bas ?

"og jeg gad vide, hvem der vil tage dine strømper på?"

« Je serai beaucoup trop loin »

"Jeg vil være alt for langt væk"

« Je ne pourrai plus me soucier de toi »

"Jeg vil ikke være i stand til at bekymre mig om dig mere"

Juste à ce moment, sa tête heurta quelque chose

Netop i dette øjeblik ramte hendes hoved mod noget

Elle avait atteint le toit de la salle

Hun var nået op på taget af hallen

En fait, elle mesurait maintenant plus de deux mètres

faktisk var hun nu mere end to meter høj

et elle prit aussitôt la petite clef d'or

og hun tog straks den lille guldnøgle

et elle se précipita vers la porte du jardin

og hun skyndte sig hen til havedøren

Pauvre Alice ! Il n'y avait pas grand-chose qu'elle pouvait faire

Stakkels Alice! Der var ikke meget, hun kunne gøre

Elle s'allongea sur le côté

Hun lagde sig på den ene side

et elle regarda d'un œil dans le jardin

og hun så ud i haven med det ene øje
Mais s'en sortir était plus désespéré que jamais
Men at komme igennem var mere håbløst end nogensinde
Elle s'est assise et a recommencé à pleurer
Hun satte sig ned og begyndte at græde igen
Elle a continué à verser des litres de larmes
Hun blev ved med at fælde litervis af tårer
Bientôt, il y eut une grande flaque tout autour d'elle
Snart var der en stor pool omkring hende
et l'eau atteignait la moitié du couloir
og vandet nåede halvvejs ned ad gangen
Au bout d'un moment, elle entendit un petit claquement de pieds
Efter et stykke tid hørte hun en lille klapren af fødder
Elle entendit les pas venir de loin
hun hørte fødderne komme på afstand
et elle s'essuya vivement les yeux pour voir ce qui allait arriver
og hun tørrede hurtigt sine øjne for at se, hvad der ville komme
C'était le retour du Lapin Blanc
Det var den hvide kanin, der vendte tilbage
Il était magnifiquement vêtu
han var pragtfuldt klædt
Il avait une paire de gants blancs dans une main
Han havde et par hvide handsker i den ene hånd
et il avait un grand éventail de plumes dans l'autre main
og han havde en stor fjervifte i den anden hånd
Il arriva en trottinant en toute hâte
Han kom travende af sted i stor fart
et il murmura en lui-même : « Oh ! la duchesse, la duchesse ! »
og han mumlede for sig selv: "Åh! hertuginden, hertuginden!"
« Ah ! ne serait-elle pas sauvage si je l'ai fait attendre !
"Åh! vil hun ikke være vild, hvis jeg har ladet hende vente!"

Quand le Lapin s'approcha d'elle, Alice prit la parole
Da kaninen kom hen til hende, talte Alice
Mais elle parlait d'une voix basse et timide
men hun talte med en lav, frygtsom stemme
« Monsieur, s'il vous plaît, arrêtez ce que vous faites un instant »
"Sir, vær venlig at stoppe med det, du laver et øjeblik"
Le Lapin sursauta violemment
Kaninen forskrækkede voldsomt
Il laissa tomber les gants blancs et l'éventail de plumes
Han smed de hvide handsker og fjerviften
et il s'enfuit dans les ténèbres aussi vite qu'il le put
og han skyndte sig ud i mørket, så hurtigt han kunne.
Alice ramassa l'éventail en plumes et les gants
Alice samlede fjerviften og handskerne op
Et elle n'arrêtait pas de s'éventer tout en parlant
og hun blev ved med at vifte sig selv, mens hun blev ved med at tale
« Cher, cher ! Comme tout est étrange aujourd'hui !
"Kære, kære! Hvor er alt mærkeligt i dag!"

« Hier, les choses se sont passées comme d'habitude »
"I går gik det som det plejede"
« Étais-je le même quand je me suis levé ce matin ? »
"Var jeg den samme, da jeg stod op i morges?"
« Mais si je ne suis pas le même, il y a une autre question »
"Men hvis jeg ikke er den samme, er der et andet spørgsmål"
« Qui suis-je ? »
"Hvem i alverden er jeg?"
« Ah, c'est le grand casse-tête ! »
"Ah, det er det store puslespil!"
En disant cela, elle baissa les yeux sur ses mains
Mens hun sagde dette, kiggede hun ned på sine hænder
Elle portait l'un des petits gants blancs du lapin
Hun havde en af kaninernes små hvide handsker på
Elle n'avait pas remarqué qu'elle avait mis le gant en parlant
Hun havde ikke bemærket, at hun tog handsken på, mens hun
talte
« Comment ai-je pu faire cela ? » a-t-elle pensé
"Hvordan kan jeg have gjort det?" tænkte hun
« Je dois redevenir petit »
"Jeg må være ved at blive lille igen"
Elle se leva et s'approcha de la table pour mesurer sa taille
Hun rejste sig og gik hen til bordet for at måle sin højde
**Elle a découvert qu'elle mesurait maintenant environ un
demi-mètre**
Hun fandt ud af, at hun nu var omkring en halv meter høj
et elle rétrécissait encore rapidement
og hun krympede stadig hurtigt
**Elle découvrit rapidement quelle était la cause de ce
rétrécissement**
Hun fandt hurtigt ud af, hvad årsagen til skrumpningen var
L'éventail de plumes la rendait encore plus petite !
fjerviften gjorde hende mindre igen!
et elle laissa tomber l'éventail de plumes à la hâte
og hun tabte hurtigt fjerviften
**Elle laissa tomber l'éventail de plumes juste à temps pour se
sauver**

Hun tabte fjerviften lige i tide til at redde sig selv
**Si elle s'était éventée plus longtemps, elle se serait
complètement retirée**
hvis hun havde viftet sig længere, ville hun være skrumpet
helt ind
« C'était une échappatoire de justesse ! » dit Alice
"Det var en snæver flugt!" sagde Alice
et elle fut bien effrayée de ce changement soudain
og hun var en hel del bange over den pludselige forandring
**mais elle était très heureuse de se trouver encore en
existence**
men hun var meget glad for at finde sig selv stadig i eksistens
« Et maintenant, en route pour le jardin ! »
"Og nu ud i haven!"
Et elle courut à toute vitesse vers la petite porte
Og hun løb med al hast tilbage til den lille dør
Mais, hélas ! La petite porte fut refermée
men ak! den lille dør blev lukket igen
**et la petite clé d'or était de nouveau posée sur la table de
verre**
og den lille guldnøgle lå igen på glasbordet
« Les choses sont pires que jamais », pensa le pauvre enfant
"Det er værre end nogensinde!" tænkte det stakkels barn
« Je n'ai jamais été aussi petit que ça auparavant, jamais ! »
"Jeg har aldrig været så lille som før, aldrig!"
En prononçant ces mots, son pied glissa
Da hun sagde disse ord, gled hendes fod
et un instant plus tard, il y eut une grande éclaboussure !
og i et andet øjeblik var der et stort plask!
Elle était dans l'eau salée jusqu'au menton
hun var op til hagen i saltvand
**Sa première idée fut qu'elle était tombée d'une manière ou
d'une autre dans la mer**
Hendes første idé var, at hun på en eller anden måde var
faldet i havet
**Cependant, elle s'est vite rendu compte dans quoi elle se
trouvait**

Hun indså dog hurtigt, hvad hun var i
Elle était dans une mare de larmes
Hun lå i en pøl af tårer
**les larmes qu'elle avait versées quand elle avait deux mètres
de haut**
de tårer, hun havde grædt, da hun var to meter høj

Juste à ce moment-là, elle entendit quelque chose
Netop da hørte hun noget
Quelque chose barbotait dans la mare
Noget plaskede rundt i poolen
Les éclaboussures venaient d'un peu de loin
plasket kom fra et stykke væk
**et elle nagea plus près pour voir ce que c'était que les
éclaboussures**
og hun svømmede nærmere for at se, hvad plasket var
Elle vit bientôt que ce n'était qu'une petite souris
Hun så snart, at det kun var en lille mus
La petite souris s'était également glissée dans l'eau
Den lille mus var også gledet i vandet

Alice réfléchit à la situation
Alice tænkte ved sig selv over situationen
« Serait-il utile de parler à cette souris ? »
"Ville det være til nogen nytte at tale med denne mus?"
« Tout est tellement à l'envers ici »
"Alt er så på hovedet her"
« Je pense que c'est très probable que cette souris peut parler »
"Jeg vil tro meget sandsynligt, at denne mus kan tale"
« En tout cas, il n'y a pas de mal à essayer »
"Der er i hvert fald ingen skade i at forsøge"
Alors elle a commencé à essayer de parler à la souris
Så hun begyndte at prøve at tale med musen
« Oh Souris, sais-tu comment sortir de cette mare ? »
"Åh mus, kender du vejen ud af denne pool?"
« Je suis bien fatigué de nager ici, ô souris ! »
"Jeg er meget træt af at svømme her, Oh Mouse!"
La souris la regarda d'un air assez inquisiteur
Musen kiggede temmelig nysgerrigt på hende
La souris semblait cligner de l'œil avec l'un de ses petits yeux
musen syntes at blinke med et af sine små øjne
Mais la petite souris ne dit rien
men den lille mus sagde ikke noget
« Peut-être la souris ne comprend-elle pas l'anglais », pensa Alice
"Måske forstår musen ikke engelsk," tænkte Alice
« J'ose dis-le que c'est une souris française »
"Jeg tør godt sige, at det er en fransk mus"
« peut-être que cette souris est venue avec Guillaume le Conquérant »
"måske kom denne mus over med Vilhelm Erobreren"
Alors elle a recommencé, en français
Så begyndte hun igen, på fransk
« Où est mon chat ? » a-t-elle demandé en français
"Hvor er min kat?" spurgte hun på fransk
c'était la première phrase de son livre de leçons de français

det var den første sætning i hendes fransklektionsbog

La souris fit un saut soudain hors de l'eau

Musen sprang pludselig op af vandet

et la souris semblait frémir de frayeur

og musen syntes at skælve over det hele af skræk

— Oh ! je vous demande pardon ! s'écria vivement Alice

"Åh, jeg beder Dem undskylde!" råbte Alice hurtigt

Elle craignait d'avoir blessé les sentiments du pauvre animal

Hun var bange for, at hun havde såret det stakkels dyrs
følelser

« J'oubliais que tu n'aimais pas les chats »

"Jeg glemte helt, at du ikke kunne lide katte"

**« Je n'aime pas les chats ! » cria la Souris d'une voix aiguë et
passionnée**

"Jeg kan ikke lide katte!" råbte musen med skinger,
lidenskabelig stemme

« Voudrais-tu des chats, si tu étais moi ? »

"Ville du kunne lide katte, hvis du var mig?"

Alice réconforta la souris d'un ton apaisant

Alice trøstede musen i en beroligende tone

**« Eh bien, peut-être que je n'aimerais pas non plus les chats
si j'étais vous »**

"Nå, måske ville jeg heller ikke kunne lide katte, hvis jeg var
dig"

**« S'il vous plaît, ne soyez pas en colère à propos de la
mention des chats »**

"Vær ikke vred over omtalen af katte"

**« Et pourtant, j'aimerais pouvoir te montrer notre chat
Dinah »**

"Og alligevel ville jeg ønske, at jeg kunne vise dig vores kat
Dinah"

**« Si vous la rencontriez, je pense que vous prendriez goût
aux chats »**

"hvis du mødte hende, tror jeg, du ville have lyst til katte"

« Si seulement vous pouviez la voir »

"Hvis du bare kunne se hende"

« Elle est une chose si chère et si calme »

"Hun er sådan en kær, stille ting"
La souris tremblait de partout
Musen rystede over det hele
Alice était certaine que la souris devait être vraiment offensée
Alice følte sig sikker på, at musen måtte være virkelig fornærmet
« On ne parlera plus d'elle, si tu préfères ne pas le faire »
"Vi vil ikke tale mere om hende, hvis du hellere ikke vil"
« Nous, en effet ! » s'écria la Souris
"Ja, vi!" råbte musen
La souris tremblait jusqu'au bout de sa queue
musen skælvede ned til enden af halen
« Comme si je voulais parler d'un tel sujet ! »
"Som om jeg ville tale om sådan et emne!"
« Notre famille a toujours détesté les chats »
"Vores familie hadede altid katte"
"Les chats ; des choses méchantes, basses, vulgaires !
"katte; grimme, lave, vulgære ting!"
« Ne me laissez plus entendre le nom ! »
"Lad mig ikke høre navnet igen!"
— Je ne parlerai plus des chats, en effet, dit Alice
"Jeg vil ikke nævne katte igen!" sagde Alice
Elle était très pressée de changer de sujet
Hun havde meget travlt med at skifte emne
"Êtes-vous... Aimez-vous les chiens ?
"Er du... Er du glad for hunde?"
« Il y a un petit chien si gentil près de notre maison, »
"Der er sådan en dejlig lille hund i nærheden af vores hus,"
« Je voudrais te montrer le petit chien ! »
"Jeg vil gerne vise dig den lille hund!"
"Ce petit chien tue tous les rats et...
"Denne lille hund dræber alle rotterne og ...
« Oh ! mon Dieu ! » s'écria Alice d'un ton triste
"Åh, kære!" råbte Alice i en sørgmodig tone
« J'ai peur de t'avoir encore offensé ! »
"Jeg er bange for, at jeg har fornærmet dig igen!"

La souris nageait loin d'elle aussi vite qu'elle le pouvait
musen svømmede væk fra hende, så hurtigt den kunne gå
et la souris fit tout un vacarme dans la mare
og musen lavede noget postyr i dammen
Alors elle appela doucement la souris
Så kaldte hun sagte efter musen
« Ma chère souris, s'il vous plaît, revenez ! »
"Min kære mus, vær venlig at komme tilbage!"
« Et nous ne parlerons pas des chats »
"Og vi vil ikke tale om katte"
« Et nous n'avons pas non plus besoin de parler des chiens »
"Og vi behøver heller ikke at tale om hunde"
Quand la souris entendit cela, elle se retourna
Da musen hørte dette, vendte den sig om
et la petite souris nagea lentement vers elle
og den lille mus svømmede langsomt tilbage til hende
Le visage de la souris était assez pâle
musens ansigt var ganske blegt
et la souris parla d'une voix basse et tremblante
og musen talte med lav, skælvende stemme
« Allons à la rive »
"Lad os komme til kysten"
« et ensuite je vous raconterai mon histoire »
"og så skal jeg fortælle dig min historie"
« et vous comprendrez pourquoi c'est moi qui déteste les chats et les chiens »
"og du vil forstå, hvorfor det er, at jeg hader katte og hunde"
Il était grand temps de partir
Det var blevet på høje tid at tage af sted
parce que la piscine devenait assez bondée
fordi poolen var ved at blive ret overfyldt
D'autres oiseaux et animaux étaient tombés dans la mare
andre fugle og dyr var faldet i bassinet
il y avait un Canard et un Dodo
der var en and og en dront,
et il y avait un oiseau Lory et un aiglon
og der var en Lory-fugl og en ørn

et il y avait plusieurs autres créatures intéressantes
og der var flere andre interessante væsener
Alice a ouvert la voie à la sortie de la piscine
Alice førte vejen ud af poolen
et toute la troupe des animaux nagea jusqu'au rivage
og hele flokken af dyr svømmede til kysten

Une course de caucus et une longue traîne

Et caucus-løb og en lang hale

C'était en effet une bande d'animaux à l'allure amusante

De var virkelig en sjovt udseende flok dyr

et ils se rassemblèrent tous sur le bord de l'eau

og de samledes alle på vandbredden

Les oiseaux avaient tous des plumes débraillées

fuglene havde alle slæbte fjer

et les animaux à fourrure étaient trempés

og de lodne dyr blev gennemblødt

et tous étaient trempés, agacés et mal à l'aise

og alle var dryppende våde, irriterede og utilpas

Il y avait une question à laquelle il fallait répondre en premier

Der var et spørgsmål, der skulle besvares først

Quelle est la meilleure façon pour tout le monde de se sécher ?

Hvad er den bedste måde for alle at blive tørre på?

Ils ont tenu une consultation à ce sujet

De havde en konsultation om denne sag

Bientôt, ils furent tous en bons termes
snart var de alle på familiær fod
C'était comme si elle les avait connus toute sa vie
det var, som om hun havde kendt dem hele sit liv
La souris semblait être une personne d'une certaine autorité
Musen syntes at være en person med en vis autoritet
« Asseyez-vous, vous tous, et écoutez-moi ! »
"Sæt jer ned, alle sammen, og lyt til mig!"
« Je vais bientôt vous faire sécher à nouveau ! »
"Jeg vil snart gøre jer alle tørre igen!"
Ils s'assirent tous en même temps, dans un grand cercle
De satte sig alle sammen på én gang, i en stor ring
et la petite souris s'assit au milieu
og den lille mus sad i midten
« Hum ! » dit la souris d'un air important
"Ahem!" sagde musen med en vigtig mine
« Êtes-vous tous prêts ? »
"Er I alle klar?"
« C'est la chose la plus sèche que je connaisse »
"Det her er det tørreste, jeg kender"
« Silence tout autour, s'il vous plaît ! »
"Stilhed rundt omkring, om du vil!"
« Guillaume le Conquérant était favorisé par le pape »
"Vilhelm Erobreren blev begunstiget af paven"
« mais il fut bientôt soumis par les Anglais »
"men han blev snart underkastet af englænderne"
« Ils voulaient des leaders ces derniers temps »
"De ønskede ledere på det seneste"
« et ils avaient été habitués au pouvoir et à la conquête »
"og de havde været vant til magt og erobring"
« Edwin et Morcar, les comtes de Mercie et de Northumbrie »
"Edwin og Morcar, jarlerne af Mercia og Northumbria"
« Pouah ! » dit l'oiseau lori, avec un frisson
"Ugh!" sagde lorifuglen med en gysen
« et même Stigand, l'archevêque patriote de Cantorbéry »
"og selv Stigand, den patriotiske ærkebiskop af Canterbury"

« Il l'a également trouvé opportun »
"Han fandt det også tilrådeligt"
« Qu'a-t-il trouvé à propos ? » dit le canard
"Hvad fandt han tilrådeligt?" sagde anden
— Il l'a trouvé opportun, répondit la souris d'un ton un peu contrarié
"Han fandt det tilrådeligt," svarede musen temmelig skævt
Mais le canard n'était pas satisfait
men anden var ikke tilfreds
« Bien sûr, vous savez ce que 'it' signifie »
"Selvfølgelig ved du, hvad 'det' betyder"
« Je sais ce que c'est quand je trouve quelque chose », dit le canard
"Jeg ved, hvad 'det' er, når jeg finder en ting!" sagde anden
« C'est généralement une grenouille ou un ver »
"Det er generelt en frø eller en orm"
« La question est de savoir ce que l'archevêque a trouvé ?
"Spørgsmålet er, hvad ærkebiskoppen fandt?"
La souris n'a pas remarqué cette question
Musen bemærkede ikke dette spørgsmål
Au lieu de cela, la souris continua précipitamment son discours
I stedet fortsatte musen hurtigt med talen
« il a jugé opportun d'aller avec Edgar Atheling »
"han fandt det tilrådeligt at gå med Edgar Atheling"
« pour rencontrer Guillaume et lui offrir la couronne »
"at møde William og tilbyde ham kronen"
la souris continua, se tournant vers Alice pendant qu'elle parlait
musen fortsatte og vendte sig mod Alice, mens den talte
« Comment allez-vous maintenant, ma chère ? »
"Hvordan går det med dig nu, min kære?"
– Aussi mouillée que jamais, dit Alice d'un ton mélancolique
"Så våd som altid," sagde Alice i en melankolsk tone
« Cette histoire n'a pas l'air de me tarir du tout »
"Denne historie ser ikke ud til at tørre mig overhovedet"

— Dans ce cas, dit solennellement le dodo en se levant

"I så fald," sagde dronten højtideligt og rejste sig

« Je vote pour l'ajournement de la séance »

"Jeg stemmer for, at mødet udsættes"

« et je propose l'adoption immédiate de remèdes plus énergiques »

"og jeg foreslår en øjeblikkelig vedtagelse af mere energiske midler"

« Dis des paroles vraies ! » dit l'aiglon

"Tal rigtige ord!" sagde ørnen

« Je ne connais pas le sens de la moitié de ces longs mots »

"Jeg kender ikke betydningen af halvdelen af de lange ord"

et, qui plus est, je ne crois pas que vous le sachiez non plus !

"og hvad mere er, jeg tror heller ikke, at du ved det!"

— Ce que j'allais dire, dit le dodo d'un ton offensé

"Hvad jeg skulle sige," sagde dronten i en fornærmet tone

« La meilleure chose à faire pour nous sécher serait une course au caucus »

"Det bedste til at få os tørre ville være et caucus-løb"

« Qu'est-ce qu'une course de caucus ? » demanda Alice

"Hvad er en caucus-race?" sagde Alice

« Eh bien, » dit le dodo, « la meilleure façon de l'expliquer, c'est de le faire »

"Nå," sagde dronten, "den bedste måde at forklare det på er at gøre det."

« D'abord, le dodo a tracé un parcours »

"Først markerede dronten en væddeløbsbane"

« La piste était dans une sorte de cercle »

"Nummeret var i en slags cirkel"

« Et puis tout le groupe a été placé le long du parcours »

"og så blev hele selskabet placeret langs ruten"

Il n'y avait pas de « Un, deux, trois et c'est parti ! »

Der var ikke noget "En, to, tre og væk!"

Mais ils ont commencé à courir quand ils voulaient

men de begyndte at løbe, når de ville

et ils finissaient aussi quand ils le voulaient

og de blev også færdige, når de ville

Il n'était donc pas facile de savoir quand la course était terminée

Så det var ikke let at vide, hvornår løbet var slut

Après environ une demi-heure de course, ils étaient tous assez secs

Efter en halv times løb var de alle ret tørre

le dodo s'écria soudain : « La course est finie ! »

dronten råbte pludselig: "Løbet er slut!"

Et ils se pressèrent tous autour du Dodo

og de stimlede alle sammen omkring dronten

Tous les animaux haletaient et soufflaient

alle dyrene gispede og pustede

et tous voulaient savoir : « Mais qui a gagné ? »

og de ville alle vide: "Men hvem har vundet?"

Le dodo ne pouvait pas répondre immédiatement à cette question

Dette spørgsmål kunne dronten ikke umiddelbart besvare

D'abord, il a dû beaucoup réfléchir

Først måtte han tænke meget

Après mûre réflexion, le dodo finit par parler

Efter mange overvejelser talte dronten endelig

« Tout le monde a gagné, et tous doivent avoir des prix »
"Alle har vundet, og alle skal have præmier"
« Mais qui doit donner les prix ? » demanda un chœur de voix
"Men hvem skal give præmierne?" spurgte et kor af stemmer
— Eh bien, elle, bien sûr, dit le dodo
"Nå, hun, selvfølgelig," sagde dronten
et le dodo pointa d'un doigt vers Alice
og dronten pegede med en finger på Alice
et toute la troupe des animaux se pressait autour d'elle
og hele flokken af dyr stimlede sammen om hende
ils ont crié, d'une manière confuse : « Des prix ! Des prix !
råbte de på en forvirret måde: "Præmier! Præmier!"
Alice n'avait aucune idée de ce qu'elle devait faire
Alice anede ikke, hvad hun skulle gøre
Désespérée, elle mit la main dans sa poche
I fortvivlelse stak hun hånden i lommen
Et elle en sortit une boîte de bonbons
og hun trak en æske slik frem
Heureusement, l'eau salée n'était pas entrée dans la boîte
Heldigvis var saltvandet ikke kommet ind i kassen
et elle a distribué les bonbons comme prix
og hun rakte slik rundt som præmier
Il y avait exactement une pièce pour tout le monde
Der var præcis ét stykke til alle
La prochaine chose qu'ils devaient faire était de manger les bonbons
Det næste, de skulle gøre, var at spise slik
Cela a causé du bruit et de la confusion
Dette forårsagede en del støj og forvirring
Les grands oiseaux se plaignaient de ne pas pouvoir goûter leurs bonbons
De store fugle klagede over, at de ikke kunne smage deres søde sager
Les petits s'étouffaient et devaient être tapotés dans le dos
de små blev kvalt og måtte klappes på ryggen
Cependant, c'était enfin fini

Men det var endelig slut
Et ils se rassirent en cercle
og de satte sig igen i en ring
et ils supplièrent la souris de leur dire quelque chose de plus
og de bad musen om at fortælle dem noget mere
— Vous m'avez promis de me raconter votre histoire, vous savez, dit Alice
"Du lovede at fortælle mig din historie, ved du," sagde Alice
et elle fit une autre petite remarque sur les chats à voix basse
og hun kom med endnu en lille bemærkning om katte i en hvisken
Elle ne voulait pas offenser à nouveau la souris
Hun ønskede ikke at fornærme musen igen
la petite souris se tourna vers Alice et soupira
den lille mus vendte sig mod Alice og sukkede
« Ma conte est long et triste ! »
"Min er en lang og trist historie!"
— C'est une longue queue, certainement, dit Alice
"Det er bestemt en lang hale," sagde Alice
et elle baissa les yeux avec étonnement sur la queue de la souris
og hun så med forundring ned på musens hale
« Mais pourquoi appelez-vous cela une queue triste ? »
"Men hvorfor kalder du det en trist hale?"
Et elle n'arrêtait pas de s'interroger à ce sujet pendant que la souris parlait
Og hun blev ved med at pusle over det, mens musen talte
de sorte que son idée de l'histoire était quelque chose comme ceci
så hendes idé om fortællingen var noget i retning af dette

"Fury said to
a mouse, That
he met in the
house, 'Let
us both go
to law: *I*
will prosecute
you.—
Come, I'll
take no denial:
We must have
the trial;
For really
this morning
I've
nothing
to do.'
Said the
mouse to
the cur,
'Such a
trial, dear
sir, With
no jury
or judge,
would
be wasting
our
breath.'
'I'll be
judge,
I'll be
jury,'
said
cunning
old
Fury;
'I'll
try
the
whole
cause,
and
condemn
you to
death.'"

Fury dit à une souris : Qu'il s'est rencontré dans la maison.

Raseri sagde til en mus, at han mødtes i huset."

Allons tous les deux en justice, je vous poursuivrai

Lad os begge gå rettens vej: Jeg vil retsforfølge dig

Allons, je n'accepterai aucun démenti : il faut que nous fassions l'épreuve

Kom, jeg vil ikke benægte: Vi må have retssagen

Car vraiment ce matin je n'ai rien à faire

For her til morgen har jeg ikke noget at lave

Dit la souris au maudit ;

Sagde musen til forbandelsen;
Un tel procès, cher monsieur, sans jury ni juge, nous ferait perdre notre souffle
En sådan retssag, kære herre, uden jury eller dommer, ville være at spilde vores ånde
« Je serai juge, je serai jury », dit le vieux rusé Fury
"Jeg vil være dommer, jeg vil være jury," sagde den snedige gamle Fury
Je vais juger toute la cause, et je vous condamnerai à mort
Jeg vil prøve hele sagen og dømme dig til døden
la souris parla sévèrement à Alice
musen talte hårdt til Alice
« Tu ne fais pas attention ! »
"Du er ikke opmærksom!"
« À quoi pensez-vous ? »
"Hvad tænker du på?"
— Je vous demande pardon, dit Alice très humblement
"Jeg beder Dem undskylde," sagde Alice meget ydmygt
« Tu étais arrivé au cinquième virage, je crois ? »
"Du var nået til det femte sving, tror jeg?"
« Vous m'insultez en disant de telles bêtises ! »
"Du fornærmer mig ved at tale sådan noget vrøvl!"
Et la souris se leva et s'éloigna
og musen rejste sig og gik sin vej
Alice appela la petite souris
Alice kaldte på den lille mus
« S'il vous plaît, revenez et terminez votre histoire ! »
"Kom tilbage og gør din historie færdig!"
Et les autres se joignirent tous en chœur
Og de andre sluttede sig alle til i kor
« Oui, s'il vous plaît, terminez votre histoire ! »
"Ja, vær venlig at afslutte din historie!"
Mais la souris se contenta de secouer la tête avec impatience
Men musen rystede kun utålmodigt på hovedet
et la petite souris marchait un peu plus vite
og den lille mus gik lidt hurtigere
« Je voudrais bien avoir Dinah, notre chat, ici ! » dit Alice

"Jeg ville ønske, at jeg havde Dinah, vores kat, her!" sagde Alice

Cela provoqua une sensation remarquable parmi le parti
Dette vakte en bemærkelsesværdig sensation i partiet

Quelques-uns des oiseaux se hâtèrent de s'éloigner
Nogle af fuglene skyndte sig straks af sted

et un canari appela d'une voix tremblante ses enfants ;
og en kanariefugl råbte med skælvende stemme til sine børn;

« Allez-vous-en, mes chères ! »
"Kom væk, mine kære!"

« Il est grand temps que vous soyez tous au lit ! »
"Det er på høje tid, at I alle er i seng!"

Avec diverses excuses, ils sont tous partis
Med forskellige undskyldninger gik de alle væk

et Alice se retrouva bientôt seule
og Alice blev snart alene tilbage

« J'aurais aimé ne pas avoir mentionné Dinah ! »
"Jeg ville ønske, at jeg ikke havde nævnt Dinah!"

« Personne n'a l'air de l'aimer ici »
"Ingen ser ud til at kunne lide hende hernede"

« Mais je suis sûr que c'est la meilleure chatte du monde ! »
"men jeg er sikker på, at hun er den bedste kat i verden!"

La pauvre Alice se remit à pleurer
Stakkels Alice begyndte at græde igen

parce qu'elle se sentait très seule et déprimée
fordi hun følte sig meget ensom og nedtrykt

Au bout de peu de temps, cependant, elle entendit de nouveau quelque chose
Men lidt efter hørte hun igen noget

un petit bruit de pas au loin
Lidt klapren af fodtrin i det fjerne

et elle leva les yeux avec impatience
og hun så ivrigt op

Le lapin envoie le petit M. Bill
Kaninen sender lille hr. Bill ind

C'était le lapin blanc, qui revenait lentement au trot
Det var den hvide kanin, der travede langsomt tilbage igen
Il regardait anxieusement autour de lui en chemin
Han så sig ængsteligt omkring, mens han gik
Il avait l'air d'avoir perdu quelque chose
Han så ud, som om han havde mistet noget
Alice l'entendit marmonner pour lui-même
Alice hørte ham mumle for sig selv
— La duchesse ! La Duchesse ! Oh, mes chères pattes !
"Hertuginden! Hertuginden! Åh, mine kære poter!"
« Oh, ma fourrure et mes moustaches ! »
"Åh, min pels og knurhår!"
« Elle va me faire exécuter, j'en suis sûr »
"Hun vil få mig henrettet, det er jeg sikker på"
« Aussi sûr que les furets sont des furets ! »
"lige så sikkert som fritter er fritter!"
« Où ai-je pu laisser tomber mes affaires, je me demande ? »
"Hvor kan jeg have tabt mine ting, spekulerer jeg?"
Alice devina en un instant ce qu'il cherchait

Alice gættede på et øjeblik, hvad han ledte efter

Il cherchait l'éventail de plumes

Han ledte efter fjerviften

et il cherchait la paire de gants blancs

og han ledte efter et par hvide handsker

Elle se mit donc très gentiment à chercher les gants

Så hun begyndte meget godmodigt at lede efter handskerne

Et elle chercha aussi l'éventail de plumes

og hun kiggede også efter fjerviften

Mais les gants et l'éventail de plumes étaient introuvables

men handskerne og fjerviften var ingen steder at se

Tout semblait avoir changé depuis sa baignade dans la piscine

Alt syntes at have ændret sig siden hendes svømmetur i poolen

Rien n'était pareil depuis qu'elle était dans la grande salle

Intet var det samme, siden hun havde været i den store sal

et la table de verre avait disparu

og glasbordet var forsvundet

Et la petite porte n'était pas là non plus

og den lille dør var der heller ikke

Très vite, le lapin remarqua Alice

Meget snart lagde kaninen mærke til Alice

Il l'appela d'un ton furieux

Han kaldte på hende i en vred tone

« Mary Ann, que fais-tu ici ? »

"Mary Ann, hvad laver du herude?"

« Rentre chez toi à l'instant même »

"Løb hjem i dette øjeblik"

« Et apporte-moi une paire de gants et un éventail de plumes ! »

"og hent mig et par handsker og en fjervifte!"

« Et faites vite ! »

"Og vær hurtig med det!"

Alice se parlait à elle-même en s'enfuyant

Alice talte til sig selv, da hun løb væk

— Il a dû me prendre pour sa femme de chambre !

"Han må have forvekslet mig med sin stuepige!"
« Comme il sera surpris quand il découvrira qui je suis ! »
"Hvor bliver han overrasket, når han finder ud af, hvem jeg
er!"
En disant cela, elle tomba sur une petite maison soignée
Da hun sagde dette, stødte hun på et nydeligt lille hus
**Sur la porte de la maison se trouvait une plaque de laiton
brillant**
På døren til huset var der en lys messingplade
« W. LAPIN »
"W. RABBIT"
Elle entra sans frapper à la porte
Hun gik ind uden at banke på døren
et elle se hâta de monter l'escalier
og hun skyndte sig lige ovenpå
elle craignait de rencontrer la vraie Mary Ann
hun var bekymret for, om hun ville møde den rigtige Mary
Ann
parce qu'alors elle serait chassée de la maison
for så ville hun blive smidt ud af huset
**et elle ne pourrait pas trouver l'éventail de plumes et les
gants**
og hun ville ikke kunne finde fjerviften og handskerne
**Alice s'était frayé un chemin dans une petite pièce bien
rangée**
Alice havde fundet vej ind i et ryddeligt lille værelse
Dans la pièce, il y avait une table près de la fenêtre
I rummet var der et bord ved vinduet
et sur la table, il y avait un éventail de plumes
og på bordet lå en fjervifte
et il y avait deux ou trois paires de petits gants blancs
og der var to eller tre par små hvide handsker
Elle ramassa l'éventail en plumes et une paire de gants
Hun tog fjerviften og et par af handskerne
et elle allait quitter la pièce
og hun skulle lige til at forlade værelset
mais alors ses yeux tombèrent sur une petite bouteille

men så faldt hendes øjne på en lille flaske

Elle déboucha la bouteille et la porta à ses lèvres

Hun åbnede flasken og satte den til sine læber

« J'espère que cela me fera redevenir grand »

"Jeg håber virkelig, at det vil få mig til at vokse mig stor igen"

« J'en ai marre d'être une toute petite chose ! »

"Jeg er træt af at være sådan en lillebitte ting!"

Alice avait à peine bu la moitié de la bouteille

Alice havde næppe drukket halvdelen af flasken

Sa tête était déjà appuyée contre le plafond

hendes hoved pressede allerede mod loftet

et elle dut se baisser

og hun måtte bøje sig ned

pour sauver son cou d'être brisé

for at redde hendes nakke fra at blive brækket

Elle posa précipitamment la bouteille

Hun satte hurtigt flasken fra sig

« C'est bien assez »

"Det er nok"

« J'espère que je ne grandirai plus »

"Jeg håber ikke, jeg vokser mere"

Hélas! Il était trop tard pour souhaiter cela !

Ak! Det var for sent at ønske det!

Elle n'a cessé de grandir

Hun blev ved med at vokse og vokse

et très vite elle dut s'agenouiller sur le sol

og meget snart måtte hun knæle ned på gulvet

Et même alors, elle a continué à grandir

og selv da fortsatte hun med at vokse

Comme dernière ressource, elle passa un bras par la fenêtre

Som en sidste ressource stak hun den ene arm ud af vinduet

et elle mit un pied dans la cheminée

og hun satte den ene fod op i skorstenen

« Maintenant, je ne peux plus faire, quoi qu'il arrive »

"Nu kan jeg ikke mere, hvad der end sker"

« Que vais-je devenir ? »

"Hvad skal der blive af mig?"

Alice a eu un peu de chance
Alice havde et øjeblik af held
La petite bouteille magique avait fait son plein effet
Den lille magiske flaske havde haft sin fulde virkning
et Alice ne grandit pas plus qu'elle n'était
og Alice blev ikke større, end hun var
Au bout de quelques minutes, elle entendit une voix à l'extérieur
Efter et par minutter hørte hun en stemme udenfor
et elle s'arrêta pour écouter la voix
og hun standsede for at lytte til stemmen
« Mary Ann ! Mary Ann ! dit la voix
"Mary Ann! Mary Ann!" sagde stemmen
« Apporte-moi mes gants tout de suite ! »
"Hent mig mine handsker i dette øjeblik!"
Puis vint un petit claquement de pieds dans l'escalier
Så kom der en lille klapren af fødder på trappen
Alice savait que c'était le lapin qui venait la chercher
Alice vidste, at det var kaninen, der kom for at lede efter

hende
et elle trembla jusqu'à faire trembler la maison
og hun skælvede, indtil hun rystede huset
elle oublia tout à fait quelles étaient ses proportions
hun glemte helt, hvad hendes proportioner var
Elle était mille fois plus grosse que le lapin
hun var tusind gange så stor som kaninen
et elle n'avait aucune raison d'avoir peur d'un lapin
og hun havde ingen grund til at være bange for en kanin
Bientôt le lapin s'approcha de la porte
Lidt efter kom kaninen hen til døren
et le petit lapin essaya d'ouvrir la porte
og den lille kanin forsøgte at åbne døren
La porte a commencé à s'ouvrir vers l'intérieur
Døren begyndte at åbne sig indad
mais le coude d'Alice était fortement appuyé contre la porte
men Alices albue blev presset hårdt mod døren
Cette tentative s'est avérée un échec
Det forsøg viste sig at være en fiasko
Alice entendit le lapin se parler à lui-même
Alice hørte kaninen tale til sig selv
« Ensuite, je vais faire le tour et entrer par la fenêtre »
"Så går jeg rundt og kommer ind gennem vinduet"
« Que tu ne le feras pas ! » pensa Alice
"Det vil du ikke!" tænkte Alice
Et elle attendit encore un peu
og hun ventede lidt igen
Bientôt, elle entendit le lapin juste sous la fenêtre
Snart hørte hun kaninen lige under vinduet
Elle étendit soudain la main
Hun rakte pludselig hånden ud
et elle fit une prise en l'air
og hun gjorde et ryk i luften
Elle n'a rien attrapé
Hun fik ikke fat i noget
mais elle entendit un petit cri et une chute
men hun hørte et lille skrig og et fald

et elle entendit un fracas de verre brisé
og hun hørte et brag af knust glas
Peut-être le lapin était-il tombé
måske var kaninen faldet
Peut-être était-il dans une serre
måske var han i et drivhus
Puis vint une voix en colère ; La voix du lapin
Dernæst kom en vred stemme; Kaninens stemme
« Pat, où es-tu ? »
"Pat, hvor er du?"
**Et puis vint une voix qu'elle n'avait jamais entendue
auparavant**
Og så kom en stemme, hun aldrig havde hørt før
« Votre honneur, je suis là ! »
"Deres ære, jeg er her!"
« Je creuse pour trouver des pommes »
"Jeg graver efter æbler"
« Ici ! Venez m'aider à m'en sortir !
"Her! Kom og hjælp mig ud af det her!"
**« Maintenant, dis-moi, Pat, qu'est-ce qu'il y a dans la fenêtre
? »**
"Sig mig nu, Pat, hvad er det i vinduet?"
« Bien sûr, Votre Honneur, je vais vous le dire »
"Selvfølgelig, Deres ære, det skal jeg fortælle Dem"
« C'est un bras qui est dans la fenêtre ! »
"Det er en arm, der er i vinduet!"
« Eh bien, un bras n'a rien à faire là-bas »
"Tja, en arm har ikke noget at gøre der"
« Va et enlève le bras ! »
"Gå hen og tag armen væk!"
Il y eut un long silence après cela
Der var en lang stilhed efter dette
**et Alice n'entendait que des chuchotements de temps en
temps**
og Alice kunne kun høre hvisken nu og da
et enfin elle étendit de nouveau la main
og til sidst rakte hun hånden ud igen

et elle fit une autre arrachée dans les airs
og hun lavede endnu et ryk i luften
Cette fois, il y eut deux petits cris
Denne gang lød der to små skrig
et il y avait d'autres bruits de verre brisé
og der var flere lyde af knust glas
« Je me demande ce qu'ils vont faire ensuite ! » pensa Alice
"Gad vide, hvad de vil gøre nu!" tænkte Alice
« J'aimerais qu'ils me tirent par la fenêtre »
"Jeg ville ønske, at de ville trække mig ud af vinduet"
Elle attendit un certain temps
Hun ventede et stykke tid
Mais pendant un moment, elle n'entendit plus rien
men i et stykke tid hørte hun ikke mere
Enfin, il y eut un grondement de petites roues
Endelig kom der en rumlen af små hjul
et il y eut le son d'un bon nombre de voix
og der lød lyden af en hel del stemmer
Toutes les voix parlaient ensemble
alle stemmerne talte sammen
Elle pouvait distinguer certaines des paroles
Hun kunne opdigte nogle af ordene
« Où est l'autre échelle ? »
"Hvor er den anden stige?"
« Bill a l'autre échelle »
"Bill har den anden stige"
« Bill, viens ici ! »
"Bill, kom her!"
« Le toit va-t-il supporter le fardeau ? »
"Vil taget bære byrden?"
« Qui veut descendre par la cheminée ? »
"Hvem har lyst til at gå ned ad skorstenen?"
— Non, je ne le ferai pas ! Vous le faites !
"Nej, det vil jeg ikke! Du gør det!"
« Tiens, Bill ! »
"Her, Bill!"
« Le maître dit qu'il faut descendre par la cheminée ! »

"Mesteren siger, at du skal ned ad skorstenen!"
Alice descendit son pied aussi loin qu'elle le put dans la cheminée
Alice trak sin fod så langt ned i skorstenen, som hun kunne
Et puis elle attendit de voir ce qui allait arriver
og så ventede hun for at se, hvad der ville ske
Elle entendit un petit animal gratter et se débattre
Hun hørte et lille dyr, der kradsede og kravlede
Le petit animal doit être dans la cheminée
Det lille dyr skal være i skorstenen
Puis elle donna un coup de pied sec
Så gav hun et skarpt spark
et elle attendit de voir ce qui allait se passer ensuite
og hun ventede for at se, hvad der nu ville ske
Elle entendit un chœur général de voix
hun hørte et generelt kor af stemmer
« Voilà Bill ! » dirent-ils tous
"Der går Bill!" sagde de alle sammen
Puis elle entendit la voix du lapin seule
Så hørte hun kaninens stemme alene
« Toi par la haie, attrape-le ! »
"Du ved hækken, fang ham!"
Il y eut un autre moment de silence
Der var endnu et øjebliks stilhed
Et puis il y eut une autre confusion de voix
og så var der endnu en forvirring af stemmer
« Lève la tête, Brandy »
"Hold hovedet op, Brandy"
« Attention à ne pas l'étouffer »
"Pas på ikke at kvæle ham"
« Qu'est-ce qui t'est arrivé ? »
"Hvad skete der med dig?"
Enfin, une petite voix faible et grinçante est apparue
Til sidst kom en lille svag, knirkende stemme
« Eh bien, je n'en sais presque pas plus »
"Nå, jeg ved næsten ikke mere"
« merci à tous, je vais mieux maintenant »

"Tak til jer alle, jeg har det bedre nu"
« il y a une chose dont je peux me souvenir »
"der er én ting, jeg kan huske"
« Quelque chose vient à moi comme un train dans un tunnel »
"Noget kommer imod mig som et tog i en tunnel"
« Et je vole comme une fusée ! »
"og op flyver jeg som en raket!"
Il y eut une minute ou deux de silence
Der var et minut eller to med stilhed
puis ils ont recommencé à se déplacer
og så begyndte de at bevæge sig rundt igen
et Alice entendit de nouveau le Lapin parler
og Alice hørte kaninen tale igen
« Une brouette fera l'affaire, pour commencer »
"En gravhøj vil være nok, til at begynde med"
« Une brouette pleine de quoi ? » pensa Alice
"En gravhøj af hvad?" tænkte Alice
Mais elle ne fut pas tenue en suspens longtemps
Men hun blev ikke holdt i spænding længe
Une pluie de petits cailloux est passée par la fenêtre
En byge af små småsten kom ind gennem vinduet
et quelques petits cailloux l'ont frappée au visage
og nogle af de små småsten ramte hende i ansigtet
Alice fut surprise par les petits cailloux
Alice var overrasket over de små småsten
Tous les petits cailloux se transformaient en gâteaux
alle de små småsten blev til kager
et une idée lumineuse lui vint à l'esprit
og en lys idé kom til hendes hoved
« Je devrais manger un de ces gâteaux »
"Jeg burde spise en af disse kager"
« Le gâteau ne manquera pas de faire changer ma taille »
"kage vil helt sikkert ændre sig i min størrelse"
Alors elle a avalé l'un des gâteaux
Så slugte hun en af kagerne
et elle fut ravie de constater qu'elle commençait à rétrécir

og hun var glad for at opdage, at hun begyndte at skrumpe
ind
Bientôt, elle fut assez petite pour franchir la porte
snart var hun lille nok til at komme gennem døren
Elle s'est enfuie de la maison
Hun løb ud af huset
Une foule de petits animaux et d'oiseaux attendaient dehors
En flok små dyr og fugle ventede udenfor
**tous les petits oiseaux et les petits animaux se précipitèrent
sur Alice**
alle de små fugle og dyr styrtede mod Alice
Mais elle s'enfuit aussi vite qu'elle le put
men hun løb af sted så hurtigt hun kunne
et bientôt elle se trouva en sécurité dans un bois épais
og snart befandt hun sig i sikkerhed i en tæt skov
Alice errait dans les bois
Alice vandrede rundt i skoven
Et elle pensa en elle-même :
og hun tænkte ved sig selv:
« Je sais ce que je dois faire en premier »
"Jeg ved, hvad jeg skal gøre først"
« Je dois d'abord grandir à ma bonne taille »
"Først skal jeg vokse til min rigtige størrelse igen"
« et puis je dois trouver mon chemin dans ce joli jardin »
"og så skal jeg finde vej ind i den dejlige have"
**« Je suppose que je devrais manger ou boire quelque chose
ou autre »**
"Jeg formoder, at jeg burde spise eller drikke et eller andet"
**« Mais la question est de savoir ce que je dois manger ou
boire ? »**
"men spørgsmålet er, hvad skal jeg spise eller drikke?"
Alice regarda tout autour d'elle les fleurs
Alice kiggede rundt på blomsterne
et elle regarda à travers les brins d'herbe
og hun så gennem græsstråene
mais elle ne voyait rien à manger ni à boire
men hun kunne ikke se noget at spise eller drikke

Rien ne semblait être la bonne chose à manger ou à boire
Intet lignede det rigtige at spise eller drikke
Il y avait un gros champignon qui poussait près d'elle
Der voksede en stor svamp i nærheden af hende
le champignon était à peu près de la même taille qu'Alice
svampen var omtrent samme højde som Alice
Elle s'étira sur la pointe des pieds
Hun strakte sig op på tæer
Et elle jeta un coup d'œil par-dessus le bord du champignon
og hun kiggede ud over kanten af svampen
Ses yeux rencontrèrent immédiatement les yeux d'une grande chenille bleue
Hendes øjne mødte straks øjnene på en stor blå larve
La chenille était assise sur le sommet du champignon
Larven sad på toppen af svampen
et la chenille avait croisé tous ses bras
og larven havde lagt alle hans arme over kors
et il fumait tranquillement un long narguilé
og han røg stille en lang vandpibe
et il ne faisait pas la moindre attention à rien
og han tog ikke den mindste notits af noget
et il n'a certainement pas fait attention à Alice
og han lagde bestemt ikke mærke til Alice

Les conseils d'une chenille
Råd fra en larve

Finalement, la chenille a retiré le narguilé de sa bouche
Til sidst tog larven vandpiben ud af munden
et il s'adressa à Alice d'une voix languissante et endormie
og han henvendte sig til Alice med en sløv, søvnig stemme
« Qui es-tu ? » demanda la chenille
"Hvem er du?" sagde larven

Alice a répondu, plutôt timidement : « Je sais à peine, monsieur. »
Alice svarede temmelig genert: "Jeg ved det næsten ikke, sir"
« Juste pour le moment, c'est un peu... »
"Lige i øjeblikket er det hele lidt..."
« Je sais qui j'étais quand je me suis levé ce matin" »
"Jeg ved, hvem jeg var, da jeg stod op i morges""
« mais je pense que j'ai dû changer plusieurs fois depuis »
"men jeg tror, jeg må have ændret mig flere gange siden da"
« Qu'est-ce que tu veux dire par là ? » dit la chenille
"Hvad mener du med det?" sagde larven
sévèrement, la chenille lui demanda de s'expliquer

Strengt bad larven hende om at forklare sig
— **Je ne peux pas m'expliquer, j'en ai peur, monsieur, dit
Alice**
"Jeg kan ikke forklare mig, er jeg bange for, sir," sagde Alice
« parce que je ne suis pas moi-même »
"fordi jeg ikke er mig selv"
**« Vous voyez, être de tant de tailles différentes en une
journée, c'est très déroutant »**
"Ser du, det er meget forvirrende at være så mange forskellige
størrelser på en dag"
Elle se redressa et dit très gravement :
Hun rejste sig op og sagde meget alvorligt:
« Je pense que tu devrais me dire qui tu es, en premier »
"Jeg synes, du skal fortælle mig, hvem du er, først"
« Pourquoi ? » demanda la chenille
"Hvorfor?" sagde larven
Alice ne voyait aucune bonne raison
Alice kunne ikke komme i tanke om nogen god grund
**et la chenille semblait être dans un état d'esprit très
désagréable**
og larven syntes at være i en meget ubehagelig sindstilstand
alors elle s'en retourna
Så hun vendte sig bort
« Reviens ! » la chenille l'appela
"Kom tilbage!" råbte larven efter hende
« J'ai quelque chose d'important à dire ! »
"Jeg har noget vigtigt at sige!"
Alice se retourna et revint
Alice vendte sig om og kom tilbage igen
« Garde ton sang-froid », dit la chenille
"Hold dit temperament!" sagde larven
— C'est tout ? dit Alice
"Er det alt?" sagde Alice
Et elle ravala sa colère de son mieux
og hun slugte sin vrede, så godt hun kunne
« Non, » dit la chenille
"Nej," sagde larven

La chenille déplia ses bras
larven foldede sine arme ud
Et il retira le narguilé de sa bouche
og han tog vandpiben ud af munden igen
et il a dit : « Vous pensez donc que vous avez changé, n'est-ce pas ? »
og han sagde: "Så du tror, du er forandret, gør du?"
— J'ai peur, je suis changée, monsieur, dit Alice
"Jeg er bange for, at jeg er forandret, sir," sagde Alice
« Je ne me souviens plus des choses comme je m'en souvenais »
"Jeg kan ikke huske ting, som jeg plejede at huske dem"
« et je ne reste pas plus de dix minutes de la même taille ! »
"og jeg forbliver ikke den samme størrelse i mere end ti minutter!"
« Quelle taille veux-tu faire ? » demanda la chenille
"Hvilken størrelse vil du have?" spurgte larven
— Oh, ma taille ne me dérange pas particulièrement, répondit vivement Alice
"Åh, jeg er ikke særlig ligeglad med, hvilken størrelse jeg har," svarede Alice hurtigt
« Je n'aime pas changer de taille si souvent, vous savez »
"Jeg kan bare ikke lide at skifte størrelse så ofte, du ved"
« J'aimerais être un peu plus grand, monsieur »
"Jeg vil gerne være lidt større, sir"
— Si cela ne vous dérange pas, ajouta Alice
"hvis du ikke har noget imod det," tilføjede Alice
« Dix centimètres, c'est une taille si misérable »
"Ti centimeter er sådan en elendig højde at være"
« C'est une très bonne hauteur en effet ! » dit la chenille avec colère
"Det er virkelig en meget god højde!" sagde larven vredt
et il se redressa tout en parlant
og han rejste sig oprejst, mens han talte
Il mesurait exactement dix centimètres de haut
Han var præcis ti centimeter høj
Au bout d'une minute ou deux, la chenille s'est détachée du

champignon
I løbet af et minut eller to kom larven ned af svampen
et il s'enfonça en rampant dans l'herbe
og han kravlede væk i græsset
En s'éloignant, il fit quelques petites remarques
Da han gik, kom han med nogle små bemærkninger
« Un côté vous fera grandir »
"Den ene side vil få dig til at vokse dig højere"
« Et l'autre côté te fera rapetisser »
"og den anden side vil få dig til at blive kortere"
« Un côté de quoi ? » pensa Alice en elle-même
"Den ene side af hvad?" tænkte Alice for sig selv
« L'autre côté de quoi ? »
"Den anden side af hvad?"
« Le côté du champignon », dit la chenille
"Siden af svampen!" sagde larven
C'était comme si elle avait posé sa question à haute voix
det var, som om hun havde stillet sit spørgsmål højt
et un instant plus tard, il fut hors de vue
og i et andet øjeblik var han ude af syne
Alice resta pensivement à regarder le champignon
Alice blev ved med at kigge eftertænksomt på svampen
Elle essayait de distinguer quels étaient les deux côtés du champignon
Hun prøvede at finde ud af, hvilke sider der var de to sider af svampen
Enfin, elle étendit ses bras autour du champignon
Til sidst strakte hun armene om svampen
Et elle cassa un peu les bords
og hun brækkede lidt af kanterne af
« Et maintenant, de quel côté est-ce ? » se dit-elle
"Og hvilken side er nu hvilken?" sagde hun til sig selv
et elle grignota un peu du mors de la main droite
og hun nappede lidt af den højre bit
L'instant d'après, elle sentit un violent coup sous son menton
I næste øjeblik mærkede hun et voldsomt slag under hagen

Son menton avait heurté son pied !
hendes hage havde ramt hendes fod!
Elle fut bien effrayée par ce changement très soudain
Hun blev en hel del skræmt af denne meget pludselige
ændring
Elle rétrécissait très rapidement
Hun skrumpede meget hurtigt
**Alors elle a rapidement mangé un peu de l'autre morceau de
champignon**
Så hun spiste hurtigt noget af den anden smule svamp
Son menton était très serré contre son pied
Hendes hage var presset meget tæt mod hendes fod
Il y avait à peine de la place pour ouvrir la bouche
der var knap nok plads til at åbne munden
mais elle parvint enfin à ouvrir la bouche
men det lykkedes hende endelig at åbne munden
et elle avala un morceau du mors de la main gauche
og hun slugte en bid af det venstre bid
« Ma tête a enfin été libérée ! » dit Alice
"Mit hoved er endelig blevet befriet!" sagde Alice
Elle baissa les yeux sur elle-même
Hun kiggede ned på sig selv
**mais tout ce qu'elle pouvait voir, c'était une immense
longueur de cou**
men det eneste, hun kunne se, var en umådelig længde af
halsen
Son cou semblait se dresser comme une tige
hendes hals syntes at rejse sig som en stilk
et elle baissa les yeux sur une mer de feuilles vertes
og hun så ned over et hav af grønne blade
« Où sont passées mes épaules ? »
"Hvor er mine skuldre blevet af?"
**« Et oh, mes pauvres mains, comment se fait-il que je ne
puisse pas vous voir ? »**
"Og åh, mine stakkels hænder, hvordan kan det være, at jeg
ikke kan se dig?"
Mais son cou avait un avantage

men hendes hals havde en fordel
Elle pouvait bouger la tête dans n'importe quelle direction
Hun kunne bevæge hovedet i alle retninger
En fait, elle était comme un serpent
faktisk var hun ligesom en slange
Elle zigzague gracieusement, la tête baissée
Hun zigzaggede yndefuldt hovedet ned
et elle remua la tête à travers les arbres
og hun bevægede sit hoved mellem træerne
Mais elle entendit alors un sifflement aigu
men så hørte hun et skarpt hvæsen
Et elle tira rapidement la tête en arrière
og hun trak hurtigt hovedet tilbage
Un gros pigeon lui avait volé au visage
En stor due var fløjet ind i hendes ansigt
et le pigeon était violemment avec ses ailes
og duen var voldsomt med sine vinger

« Serpent ! » cria le pigeon
"Slange!" råbte duen
« Je ne suis pas un serpent ! » dit Alice avec indignation
"Jeg er ikke en slange!" sagde Alice indigneret
« Laisse-moi tranquille ! »
"Lad mig være i fred!"
« J'ai essayé les racines des arbres »
"Jeg har prøvet træernes rødder"
— Et j'ai essayé des haies, continua le pigeon
"og jeg har prøvet hække," fortsatte duen
« Mais ces serpents ! Il n'y a pas moyen de leur plaire !
"Men de slanger! Der er ikke noget, der behager dem!"
Alice était de plus en plus perplexe
Alice blev mere og mere forvirret
« Comme si ce n'était pas assez compliqué de faire éclore les
œufs », a déclaré le pigeon
"Som om det ikke var besværligt nok at udruge æggene!"
sagde duen
« Nuit et jour, je dois aussi faire attention aux serpents ! »
"Nat og dag må jeg også passe på slanger!"
« Je venais de trouver l'arbre le plus haut de la forêt »
"Jeg havde lige fundet det højeste træ i skoven"
« Je serais sûrement libre des serpents ici ? »
"Jeg ville vel være fri for slanger her?"
« Et un serpent sort du ciel ! »
"Og ud kommer en slange fra himlen!"
« Mais je ne suis pas un serpent, je vous le dis ! » dit Alice
"Men jeg er ikke en slange, siger jeg dig!" sagde Alice
"Je suis un... Je suis un... Je suis une petite fille, ajouta-t-elle
d'un air un peu dubitatif
"Jeg er en... Jeg er en... Jeg er en lille pige," tilføjede hun
temmelig tvivlende
Après tout, elle avait traversé beaucoup de changements
Hun havde trods alt gennemgået en masse forandringer
« Tu cherches des œufs », dit le pigeon
"Du leder efter æg!" sagde duen
« Je le sais pertinemment »

"Det ved jeg med sikkerhed"
« Et qu'importe que vous soyez une petite fille ou un serpent ? »
"Og hvad betyder det, om du er en lille pige eller en slange?"
— Cela m'importe beaucoup, dit Alice à la hâte
"Det betyder en hel del for mig," sagde Alice hurtigt
« mais je ne cherche pas d'œufs, en l'occurrence »
"men jeg leder ikke efter æg, som det sker"
« et je ne voudrais pas de tes œufs de toute façon »
"og jeg vil ikke have dine æg alligevel"
« Je n'aime pas mes œufs crus »
"Jeg kan ikke lide mine æg rå"
« Eh bien, allez-vous-en ! » dit le pigeon d'un ton boudeur
"Nå, så gå af!" sagde duen i en surmulende tone
et le pigeon se posa de nouveau dans son nid
og duen slog sig ned i sin rede igen
Alice s'accroupit parmi les arbres du mieux qu'elle put
Alice krøb sammen mellem træerne, så godt hun kunne
Son cou ne cessait de s'emmêler parmi les branches
hendes hals blev ved med at blive viklet ind mellem grenene
De temps en temps, elle devait s'arrêter et se tordre le cou
Af og til måtte hun stoppe op og vride nakken
Au bout d'un moment, elle se souvint du champignon
Efter et stykke tid huskede hun svampen
Elle tenait toujours les morceaux de champignon dans ses mains
Hun holdt stadig svampestykkerne i sine hænder
et elle se mit à l'œuvre avec beaucoup de soin
og hun gik meget forsigtigt i gang med arbejdet
D'abord, elle a grignoté un morceau
først nippede hun i et stykke
puis elle grignota l'autre morceau
og så nippede hun til det andet stykke
Parfois, elle grandissait
Nogle gange blev hun højere
et parfois elle devenait plus petite
og nogle gange blev hun kortere

Mais finalement, elle a atteint sa taille habituelle
men endelig opnåede hun sin sædvanlige højde
Elle n'avait pas été de sa taille depuis un certain temps
hun havde ikke været sin egen højde i nogen tid
Tout m'a semblé étrange pendant un moment
Så alt føltes mærkeligt i et stykke tid
« La prochaine chose à faire est d'entrer dans ce beau jardin »
"Den næste ting at gøre er at komme ind i den smukke have"
« Comment cela se fera-t-il, je me demande ? »
"hvordan skal det gøres, spekulerer jeg?"
En disant cela, elle tomba sur un endroit ouvert
Da hun sagde dette, kom hun til et åbent sted
Il y avait une petite maison, un peu plus haute qu'un mètre
Der var et lille hus, lidt højere end en meter
« Je me demande qui habite cette petite maison »
"Gad vide, hvem der bor i dette lille hus"
« Je ne peux certainement pas y aller aussi grand que je le suis »
"Jeg kan bestemt ikke gå ind så stort, som jeg er"
« Je les effrayerais terriblement ! »
"Jeg ville skræmme dem frygteligt!"
alors elle grignota à nouveau le petit champignon
Så hun nappede i den lille svamp igen
et bientôt elle s'abaissa de trente centimètres
og snart bragte hun sig selv ned tredive centimeter

Un cochon et du poivre

En gris og lidt peber

Pendant une minute ou deux, elle resta à regarder la maison

I et minut eller to stod hun og kiggede på huset

Soudain, un valet de pied sortit en courant des bois

Pludselig kom en fodmand løbende ud af skoven

Il portait un uniforme de livrée spécial

Han var iført en særlig uniform.

à en juger par son seul visage, elle l'aurait traité de poisson

At dømme kun efter hans ansigt ville hun have kaldt ham en fisk

et il frappa bruyamment à la porte avec ses jointures

og han bankede højlydt på døren med sine knoer

La porte fut ouverte par un autre valet de pied

Døren blev åbnet af en anden fodgænger

Ce valet de pied portait également une livrée spéciale

Denne fodmand var også iført en særlig bemaling

Ce valet de pied avait un visage rond et de grands yeux comme une grenouille

Denne fodmand havde et rundt ansigt og store øjne som en frø

**C'est le valet de pied qui ressemblait à un poisson qui a
initié la cérémonie**
Fodfolket, der lignede en fisk, indledte ceremonien
Il sortit quelque chose de sous son bras
Han trak noget ud under armen
et il tira de dessous son bras une enveloppe
og han trak en konvolut frem under armen
et cette enveloppe, il la remit à l'autre valet de pied
og denne konvolut rakte han til den anden fodmand
D'un ton cérémoniel, il lui donna les ordres
i en højtidelig tone fortalte han ham ordrerne
« Ce message s'adresse à la duchesse »
"Dette budskab er til hertuginden"
« Une invitation de la reine à jouer au croquet »
"En invitation fra dronningen til at spille kroket"
**Le valet de pied qui ressemblait à une grenouille répéta
l'ordre**
Fodfolket, der lignede en frø, gentog ordren
« De la reine »
"Fra dronningen"
« Une invitation »
"en invitation"
« pour la duchesse »
"for hertuginden"
« Jouer au croquet »
"At spille kroket"
Puis ils s'inclinèrent tous les deux
Så bøjede de sig begge dybt
et les boucles de leurs perruques s'emmêlèrent
og krøllerne i deres parykker blev viklet ind i hinanden
**Bientôt, le valet de pied qui ressemblait à un poisson a
disparu**
Snart var fodfolket, der lignede en fisk, væk
**Mais le valet de pied qui ressemblait à une grenouille était
toujours là**
men fodfolket, der lignede en frø, var der stadig
Il était assis par terre près de la porte

Han sad på jorden nær døren
Il regardait bêtement le ciel
Han stirrede dumt op i himlen
Alice s'approcha timidement de la porte et frappa
Alice gik frygtsomt hen til døren og bankede på
— Il ne sert à rien de frapper, dit le valet de pied
"Det nytter ikke noget at banke på," sagde fodfolket
« Et ce, pour deux raisons »
"Og det er af to grunde"
« D'abord, parce que je suis du même côté de la porte que toi »
"For det første fordi jeg er på samme side af døren som dig"
« Deuxièmement, parce qu'ils font tellement de bruit à l'intérieur »
"For det andet fordi de larmer så meget indeni"
« Personne ne pouvait vous entendre »
"Ingen kunne umuligt høre dig"
Et il y avait certainement un bruit des plus extraordinaires à l'intérieur
Og der foregik bestemt en højst usædvanlig støj indeni
des hurlements et des éternuements constants
en konstant hylen og nys
et de temps en temps un bruit de grand fracas
og nu og da en lyd af store brag
comme si un plat ou une bouilloire avait été brisé en morceaux
som om en skål eller kedel var blevet brudt i stykker
« Comment vais-je entrer ? » demanda Alice
"Hvordan skal jeg komme ind?" spurgte Alice
— Faut-il que tu entres ? dit le valet de pied
"Skal du overhovedet komme ind?" sagde fodfolket
« C'est la première question, vous savez »
"Det er det første spørgsmål, du ved"
Alice ouvrit la porte et entra
Alice åbnede døren og gik ind
La porte menait directement à une grande cuisine
Døren førte lige ind i et stort køkken

La cuisine était pleine de fumée d'un bout à l'autre
Køkkenet var fyldt med røg fra den ene ende til den anden
au milieu de la cuisine se trouvait la duchesse
midt i køkkenet stod hertuginden
Elle était assise sur un tabouret à trois pieds
Hun sad på en trebenet skammel
et elle allaitait un bébé
og hun ammede et barn
Le cuisinier était penché au-dessus du feu
Kokken lænede sig ind over ilden
Il remuait un grand chaudron
Han rørte i en stor caldron
et le chaudron semblait être plein de soupe
og caldron syntes at være fuld af suppe
« Il y a certainement trop de poivre dans cette soupe ! » Alice se dit
"Der er helt sikkert for meget peber i den suppe!" sagde Alice til sig selv
Elle l'a dit du mieux qu'elle a pu sans éternuer
Hun sagde det, så godt hun kunne, uden at nyse
Même la duchesse éternuait de temps en temps
Selv hertuginden nyste af og til
Mais les actions du bébé étaient les plus remarquables
men babyens handlinger var de mest bemærkelsesværdige
Le bébé éternuait et hurlait alternativement
Babyen nyste og hylede skiftevis
Il n'y avait pas un instant de pause entre les hurlements et les éternuements
Der var ikke et øjebliks pause mellem hyl og nys
Il y avait deux créatures dans la cuisine qui n'éternuaient pas
Der var to væsner i køkkenet, der ikke nyste
Le cuisinier était trop occupé pour éternuer
kokken havde for travlt til at nyse
et le gros chat ne semblait pas se soucier du poivre
og den store kat så ikke ud til at have noget imod peberfrugten

Au lieu de cela, le gros chat souriait d'une oreille à l'autre
I stedet grinede den store kat fra øre til øre
— Pourriez-vous me le dire, s'il vous plaît, dit Alice un peu timidement
"Vil du fortælle mig det," sagde Alice lidt frygtsomt
« Pourquoi ton chat sourit-il comme ça ? »
"Hvorfor griner din kat sådan?"
« C'est un Cheshire-Cat, » dit la duchesse
"Det er en Cheshire-kat," sagde hertuginden
« Et c'est pourquoi il sourit d'une oreille à l'autre »
"Og det er derfor, han griner fra øre til øre"
« Je ne savais pas qu'un Cheshire-Cat souriait toujours »
"Jeg vidste ikke, at en Cheshire-kat altid grinede"
« En fait, je ne savais pas que les chats pouvaient sourire », a déclaré Alice
"faktisk vidste jeg ikke, at katte kunne grine," sagde Alice
— Il y a beaucoup de choses que vous ne savez pas, dit la duchesse
"Der er meget, du ikke ved," sagde hertuginden
« Il y a beaucoup de choses que vous ne savez pas et c'est un fait »
"Der er meget, du ikke ved, og det er en kendsgerning"
Juste à ce moment-là, le cuisinier retira le chaudron de soupe du feu
Netop da tog kokken suppegryden af ilden
et aussitôt, elle commença à jeter tout ce qui était à sa portée
og straks begyndte hun at kaste alt inden for sin rækkevidde
elle jeta tout ce qu'elle put sur la duchesse et le bébé
hun kastede alt, hvad hun kunne, efter hertuginden og barnet
D'abord, elle jeta les fers à feu
først kastede hun ildjernene
Puis elle a jeté une poignée de casseroles
Så kastede hun en håndfuld gryder
et enfin elle jeta les assiettes et les plats
og til sidst kastede hun tallerkenerne og fadet
La duchesse ne fit pas attention à elle
Hertuginden tog ikke notits af hende

Même lorsqu'elle a été frappée par une assiette, elle ne s'est pas inquiétée
selv når hun blev ramt af en tallerken, bekymrede hun sig ikke
Le bébé hurlait déjà tellement
babyen hylede allerede så meget
Il était donc impossible de dire si les coups blessaient le bébé ou non
Så det var umuligt at sige, om slagene gjorde ondt på barnet eller ej
« Oh, je vous en prie, faites attention à ce que vous faites ! » s'écria Alice
"Åh, vær så venlig at passe på, hvad du laver!" råbte Alice
et elle sautait de haut en bas dans une agonie de terreur
og hun hoppede op og ned i en angst af rædsel
la duchesse offrit le bébé à Alice
hertuginden tilbød Alice barnet
« Ici ! Tu peux allaiter un peu le bébé, si tu veux !
"Her! Du kan amme barnet lidt, hvis du vil!"
et elle lui lança l'enfant tout en parlant
og hun kastede barnet efter sig, mens hun talte
« Je dois aller me préparer à jouer au croquet avec la reine »
"Jeg må gå og gøre mig klar til at spille kroket med dronningen"
et elle se hâta de sortir de la chambre
og hun skyndte sig ud af værelset
Alice attrapa le bébé avec quelque difficulté
Alice fangede barnet med noget besvær
parce que c'était une petite créature de forme très étrange
fordi det var et meget mærkeligt formet lille væsen
et l'enfant tendit les bras et les jambes dans toutes les directions
og barnet rakte sine arme og ben ud i alle retninger
« Je ferais mieux d'emmener cet enfant avec moi », pensa Alice
"Jeg må hellere tage dette barn med mig," tænkte Alice
« Ils sont sûrs de tuer ce bébé dans un jour ou deux »
"De er sikre på at dræbe denne baby i løbet af en dag eller to"

**« Ne serait-ce pas un meurtre de laisser ce bébé derrière soi ?
»**
"Ville det ikke være mord at efterlade denne baby?"
Elle prononça les derniers mots à haute voix
Hun sagde de sidste ord højt
Et la petite créature grogna en réponse
og den lille ting gryntede som svar
**« Tu ferais mieux de ne pas te transformer en cochon, ma
chère, » dit Alice**
"Du må hellere lade være med at blive til et svin, min kære,"
sagde Alice
« ou alors je n'aurai plus rien à faire avec toi »
"ellers har jeg ikke mere med dig at gøre"
Alice commençait à peine à penser en elle-même :
Alice var lige begyndt at tænke ved sig selv:
**« Maintenant, que vais-je faire de cette créature, quand je la
ramène à la maison ? »**
"Hvad skal jeg nu gøre med dette væsen, når jeg får det hjem?"
Mais alors la petite créature grogna un peu violemment
men så gryntede det lille væsen lidt voldsomt
**et Alice baissa les yeux sur son visage avec une certaine
inquiétude**
og Alice så ned i dens ansigt i en vis forskrækkelse
Cette fois, il ne pouvait y avoir d'erreur à ce sujet
Denne gang kunne der ikke være nogen tvivl om det
Ce n'était ni plus ni moins qu'un cochon
det var hverken mere eller mindre end en gris
alors elle déposa la petite créature
Så satte hun det lille væsen ned
et la petite créature s'éloigna tranquillement dans le bois
og det lille væsen travede stille væk i skoven
Alice se sentit tout à fait soulagée de voir la créature partir
Alice følte sig ret lettet over at se væsenet forsvinde
Alice fut un peu surprise en voyant le Chat-Cheshire
Alice blev lidt forskrækket over at se Cheshire-katten
Il était assis sur une branche d'arbre à quelques mètres de là
den sad på en gren af et træ et par meter væk

Le chat ne sourit que lorsqu'il la vit
Katten grinede kun, da den så hende
« Chat du Cheshire », commença Alice un peu timidement
"Cheshire-kat," begyndte Alice temmelig frygtsomt
« Pourriez-vous s'il vous plaît me dire dans quelle direction
je dois aller à partir d'ici ? »
"Vil du være så venlig at fortælle mig, hvilken vej jeg skal gå
herfra?"
« Dans cette direction », dit le chat
"I den retning," sagde katten
et il agita la patte droite
og den viftede med højre pote rundt
« C'est dans cette direction que vit un fabricant de
chapeaux »
"I den retning bor en hatteskaber"
puis le chat agita son autre patte
og så viftede katten med den anden pote
« Et dans cette direction vit un lièvre de marche »
"Og i den retning bor en marchhare"
« Visitez l'un ou l'autre de vos goûts ; Ils sont tous les deux
fous"
"Besøg hvem du vil; de er begge gale"
— Mais je ne veux pas aller parmi des fous, remarqua Alice
"Men jeg vil ikke gå blandt gale mennesker," bemærkede Alice
« Oh, tu ne peux pas t'en empêcher, » dit le Chat
"Åh, det kan du ikke gøre for!" sagde katten
« Nous sommes tous fous ici »
"Vi er alle gale her"
« Tu joues au croquet avec la reine aujourd'hui ? »
"Spiller du krocket med dronningen i dag?"
— J'aimerais beaucoup, dit Alice
"Det vil jeg gerne," sagde Alice
« mais je n'ai pas encore été invité »
"men jeg er ikke blevet inviteret endnu"
« Tu me verras là-bas », dit le Chat
"Du vil se mig der!" sagde katten
et d'un instant à l'autre le chat disparaissait

og fra det ene øjeblik til det andet forsvandt katten

bientôt Alice arriva en vue de la maison du lièvre de marche

snart fik Alice øje på harens hus

C'était une très grande maison

Det var et meget stort hus

alors Alice ne voulait pas s'approcher de la maison

så Alice ønskede ikke at gå i nærheden af huset

D'abord, elle a dû grignoter un peu plus du morceau de champignon du côté gauche

Først måtte hun nappe noget mere af den venstre bit af svampen

Un thé fou

Et vanvittigt teselskab

Devant la maison, il y avait un arbre

Foran huset var der et træ

et sous l'arbre, il y avait une table

og under træet var der et bord

et la table était dressée avec toutes sortes de couverts

og bordet var dækket med alle slags bestik

Le lièvre de mars et le chapelier étaient à table

Marchharen og hattemageren sad ved bordet

et ensemble ils prenaient le thé

og sammen drak de te

Un loir était assis entre eux

En dormus sad mellem dem

et le loir dormait profondément

og dormusen sov dybt

La table était d'une taille extraordinaire

Bordet var af ekstraordinær størrelse

mais la majeure partie de la table était inoccupée

men det meste af bordet var ubeboet

**Ils étaient assis serrés les uns contre les autres dans un coin
de la table**

De sad stuvet sammen i et hjørne af bordet

et pourtant ils s'excusaient quand ils voyaient Alice

og alligevel undskyldte de, da de så Alice

« Pas de place ! Pas de place ! » crièrent-ils

"Ingen plads! Ingen plads!" råbte de

« Il y a beaucoup de place ! » dit Alice avec indignation

"Der er masser af plads!" sagde Alice indigneret

**À l'une des extrémités de la table, il y avait un grand
fauteuil**

I den ene ende af bordet var der en stor lænestol

et Alice s'assit dans le fauteuil

og Alice satte sig selv i lænestolen

Le chapelier ouvrit de grands yeux

Hattemageren spærrede øjnene op

Il n'arrivait pas à croire ce qu'il voyait

Han kunne ikke tro, hvad han så

Mais son esprit était curieux d'autres choses

men hans sind var nysgerrigt efter andre ting

« Pourquoi un corbeau est-il comme un bureau ? »

"Hvorfor er en ravn som et skrivebord?"

Alice était prête à relever le défi

Alice var åben for udfordringen

« Je suis content qu'ils aient commencé à poser des énigmes »

"Jeg er glad for, at de er begyndt at stille gåder"

— Je crois que je peux le deviner, ajouta-t-elle à haute voix

"Det tror jeg, jeg kan gisne mig til," tilføjede hun højt

Le lièvre de mars s'est curieux de connaître Alice

Marchharen blev nysgerrig efter Alice

« Pensez-vous vraiment que vous pouvez trouver la réponse ? »

"Tror du virkelig, at du kan finde svaret?"

— Je crois que je peux trouver la réponse, en effet, dit Alice

"Jeg tror, jeg kan finde svaret," sagde Alice

« Alors, tu devrais dire ce que tu veux dire », continua le lièvre de marche

"Så skal du sige, hvad du mener," fortsatte haren

— Je dis ce que je pense, répondit vivement Alice

"Jeg siger, hvad jeg mener," svarede Alice hurtigt

« à tout le moins, je pense ce que je dis »

"i det mindste mener jeg, hvad jeg siger"

« C'est la même chose, vous savez »

"Det er det samme, du ved"

Le loir a également contribué à la conversation

Dormouse bidrog også til samtalen

mais le loir semblait parler dans son sommeil

men dormus syntes at tale i søvne

« Je respire quand je dors »

"Jeg trækker vejret, når jeg sover"

« Je dors quand je respire ! »

"Jeg sover, når jeg trækker vejret!"

« Autant dire qu'ils sont les mêmes aussi »

"Du kan lige så godt sige, at de også er ens"
« C'est la même chose pour toi », dit le chapelier
"Det er det samme med dig!" sagde hattemageren
Et il versa un peu de thé sur le nez du loir
og han hældte lidt te på søvnmusens næse
Le Loir secoua la tête avec impatience
Syvsoveren rystede utålmodigt på hovedet
et le loir parla de nouveau, sans ouvrir les yeux
og atter talte dormusen uden at åbne øjnene
« Bien sûr, bien sûr que c'est la même chose »
"Selvfølgelig, selvfølgelig er det det samme"
« C'est juste ce que j'allais dire moi-même »
"Det var bare det, jeg selv ville sige"

Le chapelier se tourna vers Alice et lui posa une autre question
Hattemageren vendte sig mod Alice og stillede endnu et spørgsmål
« As-tu déjà deviné l'énigme ? »
"Har du gættet gåden endnu?"
« Non, j'abandonne », a concédé Alice
"Nej, jeg giver op," indrømmede Alice
« Quelle est la réponse ? » voulait-elle savoir

"Hvad er svaret?" ville hun vide
— Je n'en ai pas la moindre idée, dit le chapelier
"Jeg har ikke den ringeste anelse," sagde hattemageren
« Moi non plus, » dit le lièvre de marche
"Det ved jeg heller ikke!" sagde haren
Alice poussa un soupir de lassitude
Alice udstødte et træt suk
« Il y a de meilleures utilisations du temps que des énigmes sans réponses »
"Der er bedre brug af tid end gåder uden svar"
« Prends encore du thé », dit le lièvre de marche à Alice, très sérieusement
"Tag noget mere te," sagde haren til Alice meget alvorligt
Alice était assez offensée par l'offre
Alice blev ret fornærmet over tilbuddet
— Je n'ai pas encore pris de thé, répondit Alice
"Jeg har ikke drukket te endnu," svarede Alice
« donc je ne peux plus prendre de thé »
"derfor kan jeg ikke få mere te"
— Vous voulez dire que vous ne pouvez pas prendre moins de thé, dit le chapelier
"Du mener, at du ikke kan få mindre te," sagde hattemageren
« C'est très facile de prendre plus que rien »
"Det er meget nemt at tage mere end ingenting"
À ces mots, Alice se leva et s'en alla
Da rejste Alice sig og gik sin vej
Le loir s'endormit instantanément
Musen faldt i søvn med det samme
et ni l'un ni l'autre ne firent la moindre attention à son départ
og ingen af de andre tog den mindste notits af, at hun gik
bien qu'elle ait regardé en arrière une ou deux fois
selvom hun så sig tilbage en eller to gange
Ils essayaient de mettre le loir dans la théière
de forsøgte at stikke dormusen i tekanden
« En tout cas, je n'y retournerai plus ! » dit Alice
"Jeg kommer i hvert fald aldrig derhen igen!" sagde Alice

et elle se fraya un chemin à travers les bois
og hun gik sin vej gennem skoven
« c'était le thé le plus stupide auquel j'aie jamais assisté »
"det var det dummeste teselskab, jeg nogensinde har været til"
Juste au moment où elle disait cela, elle remarqua quelque chose
Netop som hun sagde dette, bemærkede hun noget
L'un des arbres avait une porte qui y menait directement
et af træerne havde en dør, der førte lige ind i det
« C'est très intéressant ! » a-t-elle pensé
"Det er meget interessant!" tænkte hun
« Je pense que je peux aussi bien passer la porte »
"Jeg tror, jeg lige så godt kan gå ind ad døren"
Et elle passa par la porte
Og gennem døren gik hun
Une fois de plus, elle se retrouva dans le long couloir
Endnu en gang befandt hun sig i den lange sal
de nouveau, elle était près de la petite table de verre
Igen var hun tæt på det lille glasbord
Elle prit la petite clé d'or
Hun tog den lille gyldne nøgle
et elle ouvrit la porte qui donnait sur le jardin
og hun låste døren op, der førte ud i haven
Puis elle s'est mise au travail pour grignoter le champignon
Så gik hun i gang med at nippe til svampen
Elle avait gardé un morceau du champignon dans sa poche
Hun havde haft et stykke af svampen i lommen
Et finalement, elle mesurait environ un mètre
og til sidst var hun omkring en meter høj
Puis elle descendit le petit couloir
Så gik hun ned ad den lille korridor
Et puis elle s'est finalement retrouvée dans le magnifique jardin
og så befandt hun sig endelig i den smukke have
et elle était parmi les fleurs brillantes et les fontaines fraîches
og hun var blandt den strålende blomst og de kølige kilder

Le terrain de croquet de la reine
Dronningens kroketbane

Un grand rosier se dressait près de l'entrée du jardin
Et stort rosentræ stod ved indgangen til haven
Les roses qui poussaient sur l'arbre étaient blanches
Roserne, der voksede på træet, var hvide
Mais il y avait trois jardiniers qui peignaient la rose
men der var tre gartnere, der malede rosen
Ils étaient occupés à peindre les roses en rouge
de havde travlt med at male roserne røde
et Alice les regardait peindre les roses en rouge
og Alice så dem male roserne røde
et soudain leurs yeux tombèrent par hasard sur Alice
og pludselig faldt deres øjne tilfældigvis på Alice
Alice parlait un peu timidement
Alice talte lidt frygtsomt
« Pourriez-vous me le dire, s'il vous plaît ? »
"Vil du fortælle mig det, tak?"
« Pourquoi peignez-vous tous ces roses ? »
"Hvorfor maler I alle de roser?"
cinq et sept ne dirent rien, mais regardèrent deux
fem og syv sagde intet, men så på to
deux d'entre eux parlèrent à voix basse
to talte med lav stemme
— Eh bien, le fait est, voyez-vous, madame.
"Jamen, det er en kendsgerning, ser De, frue"
« Celui-ci aurait dû être un rosier rouge »
"det her skulle have været et rødt rosentræ"
« Et nous avons mis un rosier blanc par erreur »
"og vi satte et hvidt rosentræ i ved en fejltagelse"
« Comme vous en conviendrez, la reine ne doit pas le découvrir »
"Som du vil være enig i, må dronningen ikke finde ud af det"
« Sinon, nous aurions tous la tête tranchée »
"Ellers ville vi alle få vores hoveder hugget af"
« Alors vous voyez, madame, nous faisons de notre mieux »
"Så ser De, frue, vi gør vores bedste"

La cinquième carte avait regardé anxieusement à travers le jardin

Kort fem havde kigget ængsteligt ud over haven

À ce moment, la cinquième carte cria : « La dame ! La reine !

I dette øjeblik råbte kort fem: "Dronningen! Dronningen!"

Et les trois jardiniers s'enfuirent aussitôt

og de tre gartnere skyndte sig straks væk

et ils se jetèrent à plat ventre

og de kastede sig fladt ned på deres ansigter

Il y eut un bruit de nombreux pas

Der lød mange fodtrin

Alice regarda autour d'elle, impatiente de voir la reine

Alice så sig omkring, ivrig efter at se dronningen

Au début de la procession se trouvaient dix soldats

Ved processionens begyndelse var der ti soldater

leurs mains et leurs pieds étaient dans les coins

deres hænder og fødder var i hjørnerne

et dans leurs mains et leurs pieds étaient des massues

og i deres hænder og fødder var der køller

Venaient ensuite les dix courtisans

Dernæst kom de ti hoffolk

Les courtisans étaient partout ornés de diamants

hoffolkene var overalt prydet med diamanter

Après les courtisans sont venus les enfants royaux

Efter hoffolkene kom de kongelige børn

Il y avait dix enfants royaux

Der var ti af de kongelige børn

et tous les enfants royaux étaient ornés de cœurs

og alle de kongelige børn var prydet med hjerter

Venaient ensuite les invités ; principalement des rois et des reines

Dernæst kom gæsterne; for det meste konger og dronninger

et parmi les rois et la reine, Alice vit quelqu'un

og blandt kongerne og dronning Alice så nogen

Elle revit le lapin blanc qu'elle avait chassé

Hun så igen den hvide kanin, hun havde jagtet

Le cortège était suivi par le valet de cœur

Processionen blev fulgt hjerternes knægt
Il portait la couronne du roi
Han bar kongens krone
et la couronne du roi était sur un coussin de velours cramoisi
og kongens krone var på en karmosinrød fløjlspude
Et puis vint la fin de ce grand cortège
og så kom afslutningen på denne store procession
Et là, à la fin, il y avait le Roi et la Reine de Cœur
og der til sidst var hjerter konge og hjerter dronning
le cortège arriva en face d'Alice
processionen kom over for Alice
et ils s'arrêtèrent tous et la regardèrent
og de standsede alle og så på hende
et la reine dit sévèrement : « Qui est-ce ? »
og dronningen sagde strengt: "Hvem er det?"
Elle l'a dit au Valet de Cœur
Hun sagde det til hjerternes knude
Mais il s'est contenté de s'incliner et de sourire en réponse
men han bukkede bare og smilede som svar
Alice parla très poliment
Alice talte meget høfligt
« Je m'appelle Alice, alors faites plaisir à Votre Majesté »
"Mit navn er Alice, så vær venlig Deres majestæt"
Mais elle avait d'autres pensées pour elle-même
men hun havde andre tanker for sig selv
« Ce n'est qu'un jeu de cartes, après tout ! »
"De er trods alt kun en pakke kort!"
« Savez-vous jouer au croquet ? » cria la reine
"Kan du spille kroket?" råbte dronningen
La question était évidemment destinée à Alice
Spørgsmålet var åbenbart beregnet til Alice
— Oui ! dit Alice d'une voix forte
"Ja!" sagde Alice højt
« Venez jouer alors ! » rugit la reine
"Kom og spil så!" brølede dronningen
une voix timide s'adressa à Alice
en frygtsom stemme talte til Alice

« C'est une très belle journée ! »
"Det er en meget smuk dag!"
Elle se promenait près du lapin blanc
Hun gik forbi den hvide kanin
et le Lapin Blanc jetait un coup d'œil anxieux sur son visage
og den hvide kanin kiggede ængsteligt ind i hendes ansigt
« Une très belle journée, en effet, confirma Alice
"En meget smuk dag," bekræftede Alice
« Où est la duchesse ? »
"Hvor er hertuginden?"
« Chut ! Chut ! dit le Lapin
"Tys! Tys!" sagde kaninen
« Elle est sous le coup d'une sentence d'exécution »
"Hun er under henrettelse"
« Pourquoi est-elle exécutée ? » demanda Alice
"Hvad bliver hun henrettet for?" spurgte Alice
« Elle a éraflé les oreilles de la reine », commença le lapin
"Hun skar dronningens ører," begyndte kaninen
cria la reine d'une voix de tonnerre
Dronningen råbte med tordenstemme
« Retournez à vos endroits ! »
"Kom til dine steder!"
et les gens se mirent à courir dans toutes les directions
og folk begyndte at løbe rundt i alle retninger
et ils tombèrent tous les uns contre les autres
og de faldt alle op mod hinanden
Cependant, ils se sont calmés en une minute ou deux
De fik dog afklaret sig i løbet af et minut eller to
Et puis le jeu a commencé
og så begyndte spillet
Alice n'avait jamais vu un terrain de croquet aussi curieux
Alice havde aldrig set en så mærkelig kroketbane
L'herbe n'était que crêtes et sillons
græsset var kun kamme og furer
Les boules de croquet étaient de vrais hérissons
Kroketkuglerne var rigtige pindsvin
Et les maillets étaient de vrais flamants roses

og køllerne var rigtige flamingoer
et les soldats se tinrent sur leurs mains et leurs pieds
og soldaterne stod på hænder og fødder
Parce que les arches ont été faites à partir de leurs corps
fordi buerne blev lavet af deres kroppe
Les joueurs ont tous joué en même temps
Spillerne spillede alle på én gang
Personne n'attendait son tour
Ingen ventede på deres tur
et tout le monde se querellait avec tout le monde
og alle skændtes med alle
et tous se battaient pour les hérissons
og alle kæmpede for pindsvinene
Bientôt, la reine fut dans une colère furieuse
Snart var dronningen rasende lidenskabelig
et elle s'est mise à piétiner et à crier
og hun begyndte at stampe rundt og råbe
« Coupez-lui la tête ! »
"Hug hovedet af ham!"
« Coupez-lui la tête ! »
"Hug hovedet af hende!"
« Coupez-leur la tête ! »
"Hug alle hovederne af dem!"
De nouveau, Alice pensa en elle-même
Igen tænkte Alice ved sig selv
« Ils sont affreusement friands de décapiter les gens ici »
"De er frygtelig glade for at halshugge folk her"
**« Ce qui est très étonnant, c'est qu'il reste quelqu'un en vie !
»**
"Det store under, at der er nogen tilbage i live!"
Elle cherchait un moyen de s'échapper
Hun så sig om efter en flugt
Elle remarqua une curieuse apparition dans l'air
Hun bemærkede et mærkeligt udseende i luften
« C'est le chat du Cheshire », se dit-elle
"Det er Cheshire-katten," sagde hun til sig selv
« maintenant j'aurai quelqu'un à qui parler »

"nu vil jeg have nogen at tale med"
« Comment vas-tu ? » dit le chat
"Hvordan går det?" sagde katten
« Je ne pense pas qu'ils jouent du tout équitablement », a déclaré Alice
"Jeg synes slet ikke, de spiller retfærdigt," sagde Alice
et elle avait un ton plutôt plaintif
og hun havde en temmelig klagende tone
« Ils se querellent tous si affreusement »
"De skændes alle så forfærdeligt"
« On ne s'entend pas parler »
"Man kan ikke høre sig selv tale"
« Et ils ne semblent pas jouer selon des règles »
"Og de ser ikke ud til at spille efter nogen regler"
le chat a posé une question à Alice à voix basse
katten stillede Alice et spørgsmål med lav stemme
« Comment aimez-vous la reine ? »
"Hvordan kan du lide dronningen?"
— Je ne l'aime pas du tout, dit Alice
"Jeg kan slet ikke lide hende," sagde Alice

Alice pensa qu'elle ferait aussi bien d'y retourner
Alice tænkte, at hun lige så godt kunne gå tilbage
Elle voulait voir comment le match se passait
Hun ville se, hvordan det gik med spillet
Elle est partie à la recherche de son hérisson
Hun gik ud for at lede efter sit pindsvin
Le hérisson était occupé à combattre un autre hérisson
Pindsvinet havde travlt med at kæmpe mod et andet pindsvin
C'était une excellente occasion
Dette var en glimrende mulighed
Elle pouvait croquer un hérisson avec l'autre
Hun kunne kroke det ene pindsvin med det andet
Mais son flamant rose était de l'autre côté du jardin
men hendes flamingo var på den anden side af haven
Le flamant rose était plutôt maladroit
Flamingoen var temmelig klodset
Son flamant rose essayait de s'envoler dans un arbre
hendes flamingo forsøgte at flyve op i et træ
Elle attrapa le flamant rose par la patte
Hun fangede flamingoen i benet
Et elle glissa le flamant rose sous son bras
og hun gemte flamingoen væk under armen
De cette façon, le flamant rose ne pouvait plus s'échapper
På den måde kunne flamingoen ikke flygte igen
Juste à ce moment-là, Alice rencontra la duchesse
Netop da mødte Alice tilfældigvis hertuginden
La duchesse était maintenant sortie de prison
Hertuginden var nu ude af fængslet
Elle glissa affectueusement son bras sous celui d'Alice
Hun lagde sin arm kærligt under Alices arm
puis ils sont partis ensemble
og så gik de sammen
Alice était très heureuse de la trouver d'une humeur si agréable
Alice var meget glad for at finde hende i et så behageligt humør
Elle était cependant un peu surprise

Hun blev dog lidt forskrækket
Elle entendit la voix de la duchesse près de son oreille
Hun hørte hertugindens stemme tæt ved sit øre
« Tu penses à quelque chose, ma chérie »
"Du tænker på noget, min kære"
« Et ça fait oublier de parler »
"Og det får dig til at glemme at tale"
« Le jeu se passe un peu mieux maintenant », a déclaré Alice
"Spillet går noget bedre nu," sagde Alice
C'était une façon de poursuivre la conversation
det var en måde at holde samtalen i gang på
— C'est vrai, dit la duchesse
"Det er sandelig sådan," sagde hertuginden
« Et la morale de cela est la suivante : »
"Og moralen i det er denne:"
« C'est l'amour qui fait tout ! »
"Det er kærligheden, der gør det hele!"
« L'amour est ce qui fait tourner le monde »
"Kærlighed er det, der får verden til at gå rundt"
Alice avait une autre explication
Alice havde en anden forklaring
« C'est fait par tout le monde qui s'occupe de ses propres affaires ! »
"Det gøres ved, at alle passer sine egne sager!"
— Ah ! Vous pourriez avoir raison"
"Åh, ja! Du kan have ret"
— Tout cela signifie à peu près la même chose, dit la duchesse
"Det betyder alt sammen meget det samme," sagde hertuginden
et elle enfonça son petit menton pointu dans l'épaule d'Alice
og hun gravede sin skarpe lille hage ind i Alices skulder
« Et la morale de cela est la suivante »
"Og moralen i det er denne"
« Prendre soin du sens »
"Pas på sansen"
« Et puis les sons prendront soin d'eux-mêmes »

"Og så vil lydene passe sig selv"
Mais alors le bras de la duchesse se mit à trembler
men så begyndte hertugindens arm at skælve
Alice leva les yeux et la reine se tenait là
Alice kiggede op, og der stod dronningen
La reine avait les bras croisés
Dronningen havde armene foldet
Et elle fronçait les sourcils comme un orage !
og hun rynkede panden som et tordenvejr!
« Je vous préviens », cria la reine
"Jeg giver dig en rimelig advarsel," råbte dronningen
et elle piétina le sol tout en parlant
og hun trampede på jorden, mens hun talte
« Soit ta tête, soit sa tête doit être coupée »
"enten skal dit hoved eller hendes hoved være slukket"
« Faites votre choix ! »
"Tag dit valg!"
« Et soyez rapide à ce sujet »
"og vær hurtig til det"
La duchesse fait son choix
Hertuginden traf sit valg
et au bout d'un instant la duchesse avait disparu
og inden for et øjeblik var hertuginden væk
Puis la reine s'adressa à Alice
Så talte dronningen til Alice
« Continuons le jeu »
"Lad os fortsætte med spillet"
Alice était trop effrayée pour dire un mot
Alice var for bange til at sige et ord
et elle la suivit lentement jusqu'au terrain de croquet
og hun fulgte hende langsomt tilbage til kroketbanen
Pendant tout ce temps, la reine s'est querellée avec les autres joueurs
hele tiden skændtes dronningen med de andre spillere
« Coupez-lui la tête ! »
"Hug hovedet af ham!"
« Coupez-lui la tête ! »

"Hug hovedet af hende!"
« Coupez-leur la tête ! »
"Hug alle hovederne af dem!"
Bientôt, tous les joueurs ont été en garde à vue
Snart var alle spillerne varetægtsfængslet
il ne restait que le roi, la reine et Alice
kun kongen, dronningen og Alice blev tilbage
Puis la reine s'en alla, tout à fait essoufflée
Så gik dronningen, ganske forpustet
et elle s'en alla avec Alice
og hun gik væk med Alice
Alice entendit le roi dire quelque chose
Alice hørte kongen stille sige noget
« Vous êtes tous pardonnés »
"I er alle tilgivet"
Mais soudain, un autre cri se fit entendre
men pludselig hørtes der endnu et skrig
« Le procès commence ! »
"Retssagen begynder!"
et Alice courut avec les autres
og Alice løb sammen med de andre

Qui a volé les tartes ?

Hvem stjal tærterne?

Le roi et la reine de cœur étaient assis
Hjerter konge og hjerter dame sad
ils étaient sur leur trône quand Alice arriva
de sad på deres trone, da Alice ankom
Il y avait une grande foule rassemblée autour d'eux
der var en stor skare samlet omkring dem
Il y avait toutes sortes de petits oiseaux et de bêtes
der var alle mulige små fugle og dyr
Et il y avait tout le paquet de cartes
og der var hele pakken med kort
Le coquin se tenait devant eux, enchaîné
knægten stod foran dem, i lænker
et il y avait un soldat de chaque côté pour le garder

og der var en soldat på hver side til at vogte ham
près du roi était le lapin blanc
nær kongen var den hvide kanin
Il avait une trompette dans une main
han havde en trompet i den ene hånd
et il avait un rouleau de parchemin dans l'autre main
og han havde en pergamentrulle i den anden hånd
Au milieu de la cour se trouvait une table
Midt på banen var der et bord
Sur la table, il y avait un grand plat de tartes
På bordet lå et stort fad med tærter
« J'aimerais qu'ils fassent le procès », pensa Alice
"Jeg ville ønske, at de ville få retssagen overstået," tænkte Alice
« Alors nous pourrions manger quelques-uns de ces rafraîchissements ! »
"Så kunne vi spise nogle af de forfriskninger!"

Le juge, soit dit en passant, était le roi
Dommeren var i øvrigt kongen
et il portait sa couronne sur sa grande perruque
og han bar sin krone over sin store paryk
« C'est le banc des jurés, pensa Alice
"Det er juryboksen," tænkte Alice
« Et ces douze créatures, je suppose qu'elles sont les jurés »
"og de tolv skabninger, jeg formoder, at de er nævningene"
certains étaient des animaux, et d'autres étaient des oiseaux
nogle var dyr, og nogle var fugle
Juste à ce moment-là, le lapin blanc a crié
I samme øjeblik råbte den hvide kanin
« Silence dans la cour ! »
"Stilhed i retten!"
« Héraut, lisez l'accusation ! » dit le roi
"Herold, læs anklagen!" sagde kongen
Le lapin blanc souffla trois coups de trompette
Den hvide kanin blæste tre stød på trompeten
Puis il déroula le parchemin
Så rullede han pergamentrullen ud
Et il a lu ce qui suit :
og han læste følgende:
« La reine de cœur, elle a fait des tartes, »
"Hjerter dronning, hun lavede nogle tærter,"
« Tout cela, elle l'a fait un jour d'été »
"Alt dette gjorde hun på en sommerdag"
« Le valet de cœur, il a volé ces tartes »
"Hjerternes knægt, han stjal de tærter"
« Et il a emporté ces tartes loin ! »
"Og han tog de tærter langt væk!"
« Appelez le premier témoin », dit le roi
"Kald det første vidne!" sagde kongen
et le lapin blanc souffla trois coups de trompette
og den hvide kanin blæste tre stød på trompeten
« Amenez le premier témoin ! » cria-t-il
"Bring det første vidne!" råbte han
Le premier témoin était le chapelier

Det første vidne var hattemageren
Il entra avec une tasse de thé dans une main
Han kom ind med en tekop i den ene hånd
et il avait un morceau de pain et de beurre dans l'autre main
og han havde et stykke brød og smør i den anden hånd
« Tu aurais dû finir », dit le roi
"Du burde være færdig," sagde kongen
« Quand avez-vous commencé ? »
"Hvornår begyndte du?"
Le chapelier regarda le lièvre de marche
Hattemageren kiggede på haren
Le lièvre de marche l'avait suivi dans la cour
Marchharen havde fulgt ham ind i gården
Il avait marché bras dessus bras dessous avec le loir
Han havde gået arm i arm med Dormouse
« Le quatorzième mars, je crois, dit-il
"Fjortende marts, tror jeg, det var," sagde han
« Rendez votre témoignage », dit le roi
"Afgiv dit vidnesbyrd," sagde kongen
**« Et ne sois pas nerveux, ou je te ferai exécuter sur-le-
champ »**
"og vær ikke nervøs, ellers får jeg dig henrettet på stedet"
Cela n'a pas semblé encourager du tout le témoin
Dette syntes ikke at opmuntre vidnet overhovedet
Il n'arrêtait pas de se déplacer d'un pied sur l'autre
Han blev ved med at skifte fra den ene fod til den anden
et il regarda la reine avec inquiétude
og han så uroligt på dronningen
**et, dans sa confusion, il mordit un gros morceau de sa tasse
de thé**
og i sin forvirring bed han et stort stykke ud af sin tekop
En réalité, il voulait croquer dans son pain et son beurre
i virkeligheden havde han tænkt sig at bide af sit brød og smør
Juste à ce moment, Alice éprouva une sensation très curieuse
Netop i dette øjeblik følte Alice en meget mærkelig
fornemmelse
Elle commençait à grossir à nouveau

Hun begyndte at vokse sig større igen

Le misérable chapelier laissa tomber sa tasse de thé

Den elendige hattemager tabte sin tekop

et le pain et le beurre tombèrent à terre

og brødet og smørret faldt til jorden

et il mit un genou à terre

og han faldt ned på knæ

« Je suis un pauvre homme, Votre Majesté », a-t-il commencé

"Jeg er en fattig mand, Deres majestæt," begyndte han

« Vous êtes un bien mauvais orateur, » dit le roi

"Du er en meget dårlig taler!" sagde kongen

« Tu peux y aller, » dit le roi

"Du kan gå," sagde kongen

et le chapelier quitta précipitamment la cour

og hattemageren skyndte sig at forlade gården

« Appelez le témoin suivant ! » dit le roi

"Kald det næste vidne!" sagde kongen

Le témoin suivant fut le cuisinier de la duchesse

Det næste vidne var hertugindens kok

Elle portait la poivrière à la main

Hun bar peberkassen i hånden

et les gens près de la porte se mirent à éternuer tout à coup

og folkene ved døren begyndte at nyse på én gang

« Rendez votre témoignage », dit le roi

"Afgiv dit vidnesbyrd," sagde kongen

— Je ne donnerai aucun témoignage, dit le cuisinier

"Jeg vil ikke give noget vidnesbyrd," sagde kokken

Le roi regarda anxieusement le lapin blanc

Kongen så ængsteligt på den hvide kanin

Et le lapin blanc parlait d'une voix douce

og den hvide kanin talte med stille stemme

« Votre Majesté doit contre-interroger ce témoin »

"Deres Majestæt må krydsforhøre dette vidne"

« Eh bien, s'il le faut, il le faut, » dit le roi

"Nå, hvis jeg skal, så må jeg," sagde kongen

« De quoi sont faites les tartes ? »

"Hvad er tærter lavet af?"

**« Les tartes sont faites de poivre, principalement », a déclaré
le cuisinier**
"Tærter er for det meste lavet af peber," sagde kokken
**Pendant quelques minutes, toute la cour fut dans la
confusion**
I nogle minutter var hele retten forvirret
Finalement, ils se sont tous calmés
Til sidst faldt de alle til ro igen
Mais à ce moment-là, le cuisinier avait disparu
Men på det tidspunkt var kokken forsvundet
« N'importe ! » dit le roi
"Pyt med det!" sagde kongen
« Appel à la barre du prochain témoin »
"Kald det næste vidne til tilhørerpladsen"
Alice regarda le lapin blanc qui tâtonnait sur la liste
Alice betragtede den hvide kanin, mens han fumlede hen over
listen
**Vous pouvez imaginer sa surprise à ce qu'elle a entendu
ensuite**
Du kan forestille dig hendes overraskelse over, hvad hun
hørte næste gang
à tue-tête de sa petite voix aiguë, il appela le nom « Alice ! »
på toppen af sin skingre lille stemme kaldte han navnet
"Alice!"

Le témoignage d'Alice
Alices vidneudsagn

« Ici ! » s'écria Alice
"Her!" råbte Alice
Elle se leva d'un bond en toute hâte
Hun sprang op i en stor fart
et elle renversa le banc des jurés
og hun væltede juryboksen
et elle renversa tous les jurés
og hun væltede alle nævningene
et ils tombèrent sur la tête de la foule en bas
og de faldt ned til hovederne på mængden nedenunder
Alice était dans un grand désarroi
Alice var meget forfærdet
« Oh ! je vous demande pardon ! » s'écria-t-elle
"Åh, jeg beder Dem undskylde!" udbrød hun
« Le procès ne peut pas avoir lieu », dit le roi
"Retssagen kan ikke fortsætte," sagde kongen
« Les jurés doivent retourner à leur place »
"Nævningene må komme tilbage på deres rette pladser"
Il répéta l'ordre avec beaucoup d'emphase
Han gentog ordren med stor eftertryk
et il regarda Alice d'un air sévère
og han så strengt på Alice
« Que savez-vous de ces événements ? » demanda le roi à Alice
"Hvad ved du om disse begivenheder?" spurgte kongen Alice
— Je ne sais rien à ce sujet, dit Alice
"Jeg ved intet om emnet," sagde Alice
Le roi lut ensuite un extrait de son livre
Kongen læste derefter op af sin bog
« Règle quarante-deux »
"Regel toogtyve"
« Toutes les personnes de plus d'un kilomètre de haut doivent quitter le tribunal »
"Alle personer, der er mere end en kilometer høje, skal forlade retten"

« Je ne suis pas à un mille de haut, » dit Alice
"Jeg er ikke en kilometer høj," sagde Alice
« Près de deux milles de haut », dit la reine
"Næsten to mil høj," sagde dronningen

— Eh bien, je refuse d'y aller, dit Alice
"Nå, men jeg nægter at gå," sagde Alice
Le roi pâlit
Kongen blev bleg
et il ferma précipitamment son carnet
og han lukkede hurtigt sin notesbog
« Considérez votre verdict », a-t-il dit au jury
"Overvej din dom," sagde han til juryen
Il parlait d'une voix basse et tremblante
Han talte med lav, skælvende stemme
Puis le lapin blanc prit la parole
Så talte den hvide kanin
« Il y a encore plus de preuves à venir »
"Der er flere beviser på vej endnu"
et il se leva d'un bond en toute hâte
og han sprang op i en stor fart
« Ce papier vient d'être retiré »

"Denne artikel er lige blevet samlet op"
« On dirait que c'est une lettre écrite par le prisonnier »
"Det ser ud til at være et brev skrevet af fangen"
Il déplia le papier tout en parlant
Han foldede papiret ud, mens han talte
« Ce n'est pas une lettre, après tout »
"Det er trods alt ikke et brev"
« Ce que c'était, c'était un ensemble de versets »
"Hvad det var, var en række vers"
« S'il vous plaît, Votre Majesté », dit le coquin
"Vær så venlig, Deres Majestæt," sagde knægten
« Je n'ai pas écrit ces vers »
"Jeg skrev ikke de vers"
« et ils ne peuvent pas prouver que j'ai écrit quoi que ce soit »
"og de kan ikke bevise, at jeg har skrevet noget"
« Il n'y a pas de nom signé à la fin »
"Der er ikke noget navn underskrevet til sidst"
Le roi parla au fripon
Kongen talte til knægten
« Vous avez dû vouloir causer des méfaits »
"Du må have ment at lave noget ballade"
« Sinon, tu aurais signé ton nom comme un honnête homme »
"ellers ville du have underskrevet dit navn som en ærlig mand"
Il y eut un claquement général de mains
Der var en generel klap i hænderne
Et le roi se tourna vers le lapin blanc
og kongen vendte sig mod den hvide kanin
« Lisez les vers », ordonna-t-il
"Læs versene," beordrede han
Il y eut un silence de mort dans la cour
Der var død tavshed i retten
et le lapin blanc lut les versets
og den hvide kanin læste versene op
Ils m'ont dit que vous étiez allé chez elle

De fortalte mig, at du havde været hos hende

Et ils lui parlèrent de moi

Og de nævnte mig for ham

Elle m'a donné un bon caractère

Hun gav mig en god karakter

Mais elle a dit que je ne savais pas nager

Men hun sagde, at jeg ikke kunne svømme

Il leur a fait savoir que je n'étais pas parti

Han sendte dem besked om, at jeg ikke var gået

Nous savons que c'est vrai

Vi ved, at det er sandt

Si elle poussait l'affaire, que deviendriez-vous ?

Hvis hun skulle skubbe sagen videre, hvad ville der så blive af dig?

Je lui en ai donné un, ils lui en ont donné deux

Jeg gav hende en, de gav ham to

Vous nous en avez donné trois ou plus

Du gav os tre eller flere

Ils sont tous revenus de sa part vers vous

De vendte alle tilbage fra ham til dig

bien qu'ils aient été les miens avant

selvom de var mine før

Si j'avais la chance d'être

Hvis jeg eller hun skulle tilfældigvis blive

Si j'étais impliqué dans cette affaire

Hvis jeg eller hun var involveret i denne affære

Il compte en vous pour les libérer

Han stoler på, at du vil sætte dem fri

Exactement comme nous étions

Præcis som vi var

Mon idée, c'est que vous aviez été

Min forestilling var, at du havde været

Avant qu'elle n'ait cette crise

Før hun fik dette anfald

Un obstacle qui s'est dressé entre

En forhindring, der kom mellem

Lui, et nous-mêmes, et cela

Ham og os selv og det
Ne lui faites pas savoir qu'elle les aimait mieux
Lad ham ikke vide, at hun bedst kunne lide dem
Car cela doit être à jamais un secret, caché à tous les autres
For dette må for altid være en hemmelighed, der holdes skjult
for alle de andre
Ce secret doit rester un secret entre vous et moi
Denne hemmelighed skal forblive en hemmelighed mellem
dig og mig
Le roi était très impressionné
Kongen var meget imponeret
**« C'est la preuve la plus importante que nous ayons
entendue jusqu'à présent »**
"Det er det vigtigste bevis, vi har hørt endnu"
**— Je ne crois pas que ces vers aient un atome de sens,
objecta Alice**
"Jeg tror ikke, at disse vers har et atom af mening," indvendte
Alice
le roi avait sa propre opinion sur la question
kongen havde sin egen mening om sagen
**« S'il n'y a pas de sens dans ces mots, cela sauve un monde
de problèmes »**
"Hvis der ikke er nogen mening i de ord, redder det en verden
af problemer"
**« Alors nous n'avons pas besoin d'essayer de trouver le
sens »**
"Så behøver vi ikke at prøve at finde meningen"
« Laissons le jury délibérer sur son verdict »
"Lad juryen overveje deres dom"
« Non, non ! » dit la reine
"Nej, nej!" sagde dronningen
« La condamnation d'abord, le verdict ensuite »
"Strafudmåling først – dom bagefter"
« Des bêtises et des bêtises ! » dit Alice à haute voix
"Ting og vrøvl!" sagde Alice højt
« Comme il est stupide de condamner l'accusé en premier ! »
"Hvor er det dumt at dømme den tiltalte først!"

« Tais-toi ! » dit la reine en devenant violette
"Hold mund!" sagde dronningen og blev purpurrød
« Je ne me tairai pas ! » dit Alice
"Jeg vil ikke holde mund!" sagde Alice
cria la reine à tue-tête
Dronningen råbte af højeste stemme
« Coupez-lui la tête ! »
"Hug hovedet af hende!"
Personne n'a fait un mouvement
Ingen lavede en bevægelse
« Qui se soucie de ce que vous dites ? » dit Alice
"Hvem bekymrer sig om, hvad du siger?" sagde Alice
Elle avait atteint sa taille maximale à ce moment-là
Hun var vokset til sin fulde størrelse på dette tidspunkt
« Tu n'es rien d'autre qu'un jeu de cartes ! »
"Du er ikke andet end en pakke kort!"
À ces mots, toutes les cartes se levèrent dans les airs
På dette steg alle kortene op i luften
et toutes les cartes s'abattaient sur elle
og alle kortene kom flyvende ned over hende

Elle poussa un petit cri

Hun gav et lille skrig fra sig

Elle était à moitié effrayée, mais aussi en colère

hun var halvt bange, men også vred

Et elle a essayé de se battre contre les cartes

og hun forsøgte at kæmpe kortene af sig selv

puis elle se retrouva allongée sur le talus d'herbe

og så fandt hun sig selv liggende på græsbanken

Sa tête était sur les genoux de sa sœur

hendes hoved lå i skødet på sin søster

Des feuilles mortes s'étaient posées sur son visage

nogle døde blade var landet på hendes ansigt

et sa sœur balayait doucement les feuilles

og hendes søster børstede forsigtigt bladene væk

« Réveille-toi, ma chère Alice ! » dit sa sœur

"Vågn op, kære Alice!" sagde hendes søster

« Quel long sommeil tu as eu ! »

"Sikke en lang søvn, du har haft!"

« Oh, j'ai fait un rêve si curieux ! » dit Alice

"Åh, jeg har haft sådan en mærkelig drøm!" sagde Alice

Et elle raconta à sa sœur tout ce qu'elle pouvait se rappeler

Og hun fortalte sin søster alt, hvad hun kunne huske

toutes les étranges aventures que vous venez de lire

Alle de mærkelige eventyr, som du lige har læst om

Alice se leva et s'enfuit en courant

Alice rejste sig og løb væk

et elle pensait, tout en courant, à son rêve

og hun tænkte, mens hun løb, på sin Drøm

« Quel rêve merveilleux cela avait été ! »

"Hvilken vidunderlig drøm det havde været!"

www.ingramcontent.com/pod-product-compliance
Lightning Source LLC
Chambersburg PA
CBHW011047190726
48290CB00011B/3048